文學與藝術八論

——互文・對位・文化詮釋

目　次

異質符號系統交集的詮釋問題（代序）

我在本書中所呈現的一系列文章屬於比較文學研究範疇內的「文學與藝術」跨學科研究。傳統研究文學與藝術之間的關係，多半從影響研究開始，討論同一時期中，例如浪漫時期或巴洛克時期，透過影響或借用，不同藝術形式展現的共同風格、精神或主題。亦有從不同藝術形式之間的平行類同現象，來討論藝術美學的問題。本書以較為不同的角度出發，討論不同藝術形式交集之符號學詮釋。全書包含二大部分：第一部分有五篇文章，是我對藝術文本的批評美學與符號系統多重構織的問題所作的討論，第二部分則是我這幾年來在教授此類課程時所發展的想法，以及我對於課程設計所作的反覆思考。

我近年來持續關切與感興趣的研究題目是文學與其他不同藝術形式之間的關係，特別是文學、音樂、繪畫、歌劇、電影等不同藝術形式發生交集時，文字、音樂、影像三種符號系統並陳互動，而產生指涉過程削減轉化的辯證動力，以及在異質符號系統互動而產生的美學論辯中，牽涉到的文化、社會、藝術傳統等諸多象徵系統的運作與反制。我所以會挑選在本書中所處理的清唱劇、歌劇、安魂曲、電影這幾種文類，是因為這些藝術形式綜合了文字、音樂與影像等多重符號系統，也是因為這幾個作品都具有藝術形式後設批評的美學觀點。更具體的說，透過借用並轉換異質的符號系統（文字、影像或音樂）以及固定的傳統形式（史詩或宗教音樂），這些作品提出了它們對藝術形式的批評，對美學的討論，對文化的反省，以及對傳統的挑戰。

一件藝術品的形成，可以含有多層論述與多層符號系統的交織。所謂多重論述或是多重符號系統，是指藝術文本中鑲嵌構織的多種引文，而每一個「文本中的文本」都牽連起文化史或藝術史中的環節，也牽連起此環節所指涉的論述意識型態或意義背景，而產生所謂的「互文」作用 (intertextuality)。而這些引文可以屬於與此作品同類性質的符號系統，例如浪漫文學引用古典文學典故，或是新古典繪畫作品中出現文藝復興畫作之主題或風格，或現代音樂作品拼貼一段巴洛克音樂。藝術家在作品中引用一種傳統形式，或是一種論述架構時，絕對不是天真而無用意的。在借用這些文本時，藝術家有其選用的多重歷史定點與其相對的批判立場。同時，在並置現代與傳統兩種或多種論述時，各個對立的層次便會因差異而產生意義的張力。差距愈大，被拉扯開的心理空間也就愈大，激盪出的心理效應或是意義指涉幅度也就愈廣。然而，當文本中的引文屬於異質的符號系統，例如宗教音樂加入反戰詩，後現代電影加入古典音樂，符號系統引出的異質傳統與經驗範疇便會參與對立層次的差異性與意義的辯證轉折，而文化史中不同符號傳統的交互對應亦於此展現。因此，不同藝術符號系統無論是以對位、擬諷或重寫的方式發生互文作用，其中必然包含文化詮釋與美學批判的活動，也必然產生新的美學形式。

巴特 (Roland Barthes) 曾用「編織物」、「立體畫」與「立體音響」三種意象來說明文本內符號系統的複合多元與異質構織的特性。他說，文本不是僅由一連串的字組合而成，而是「一個多度空間，由各種非原創性的文字交織、撞擊、融合。文本是從無數文化中心帶來的引文編織物 (tissue) 」(〈作者已死〉146頁)。這個定義充分說明文本的多重層次、多樣符號，甚至多種論述，而不只是一個單一符號系統下的單一論述。巴特也說，「文本是立體畫的 (the stereographic)，是構織出的肌理；包含異質元素與異質觀點，源於各種不同符碼的獨特組合。讀者（在文本中）……看到多元、不可減約、不連貫而異質的元素與觀點」（〈從作品到文本〉159頁）。他又說，「文本是各種同時期與非同時期的引文、文化語言、典故、迴響的交織，是如同立體音響（stereophony）的組成」（〈從作品到文本〉160頁）。巴特所用「編織物」、「立體畫」與「立體音響」的意象皆指向文本的立體空間與多層次的特質。構成立體空間的多向度展現不同論述、不同符碼、不同文化的異質元素，像是同時呈現層層交疊的織線，或是由不同透視角度看到的多度空間，或是如複音，甚至複調音樂，同時承載不同旋律、不同質料、不同調性的聲音。巴特還將文本比喻為〈馬可福音〉中記載被鬼附身的人所說的話：「我的名字是軍團；因為我們是眾多的」(Mark 5:9, 160)。這與依布嘉黑（Luce Irigaray）說「此性非一」(This sex which is not one.) 有異曲同工之理。文本不是單一的論述，就像是「性別」不只具有單一特質一樣。自然，文本中這些異質元素與不同向度論述的內在交互對應會造成各種不同方位的論述距離與張力，使得指涉過程更為複雜。甲與乙並置，指涉的結果不是「甲加乙」，而是「X」，一個新的意義範疇。而文本中的甲乙對立軸與丙丁對立軸的並置又會使意義發生轉換。一連串並存而對立的環節聯想，便會依據文本中的構織肌理，以及各個並置符號系統之間的辯證關係，開始以流動的方式展開。

本書第一部分中我所處理的幾個作品都屬於一種綜合文字符號、音樂符號與視覺符號等不同系統的文化文本。我在這幾篇文章中探討的便是：這些文本中的多重論述與多重符號系統如何發生互文效果，各文本之間的辯證對位如何影響對此文本的詮釋，這些藝術家如何藉形式來批判形式與批判形式之後的意識型態，以及如何藉著重寫來建構自己的意義世界。所有的符號指涉與慾望流動皆起於文本之內，所以文本分析是無法也不應避免的閱讀過程。然而，符號並不外置於社會、文化、歷史、心理活動之外。因此，要討論文本中的文化詮釋，必然須要檢視文本中多重符號軸的外延指涉與隱藏的雙重（多重）意涵，標明既存的種種文化象徵系統的運作範圍，以及文本中各種符號以不同面向對應的抗拒力。

西方文化傳統中的安魂曲、受難曲、彌撒曲，或是特洛伊城的史詩，阿莉艾蒂妮的神話，莎士比亞的劇本，卡門的傳說，都有其淵遠的來源與頑強的傳統。但是，在布列頓、白遼士、史特勞斯、威爾第、比才、高達的轉換借用之下，都以另一種型態出現在新的文本中，並藉著不同的符號系統，來展開種種美學的辯證論點。文字、音樂、影像成為辯證的交集點：布列頓藉著宗教音樂的形式以及拉丁經文與英文詩的對立來質疑宗教；高達藉著劇情片與音樂複調作曲原則來顛覆劇情片的敍述模式；白遼士、比才、威爾第、史特勞斯藉著對文字與音樂不同的後設定義向傳統音樂挑戰，白遼士並藉著音樂中的異質聲音批判史詩式的大眾與歷史聲音；而高達更發展出複雜的美學理論，反影像之物化，聲影之公式化組合，而提出影像之成形與解消的受難過程。這幾個藝術家的重寫版本，是他們對傳統的重新閱讀，也是他們的美學批評，更是一種個人的表演。

我在〈「戰爭安魂曲」中的互文、對位與文化詮釋〉這篇文章中，討論布列頓 (Benjamin Britten) 的「戰爭安魂曲」(*War Requiem*) 如何並置傳統天主教拉丁經文與安魂曲式的架構與歐文(Wilfred Owen)的英詩，布列頓如何藉此詮釋歐文的詩，同時也詮釋與質疑傳統安魂曲的形式與背後的意識型態。我首先討論布列頓排列穿插拉丁經文與英文詩的原則。其次，我分析在此排列下拉丁經文與英文詩意象模式的交互指涉、相互置換、顛覆、化解，例如，教堂與戰場的意象透過音樂與文字中的喇叭聲、喪鐘聲、號角聲、槍炮聲等聲音意象以及文字的聯韻層層牽連轉換，而帶出尖銳的對比與諷刺意味。又如神的概念與世界末日的景象也都在經文與英詩對照與意象變形中發生重重轉折。最後，我探討布列頓配合文字而安排的音樂層次 —— 節奏、人聲、樂器等 —— 造成的多重音樂論述與多重意識層與潛意識層的互動。我認為,在「戰爭安魂曲」中,我們看到布列頓以多種文化語言,多種不同時期的引文,以及立體交織與對位原則,演出了他對第二次世界大戰的詮釋,提出了他對國家英雄主義的強烈批判,也提出了他對傳統安魂曲式敘述體系背後之意識型態的根本質疑。

在〈高達「芳名卡門」中音樂與敘述的辯證關係〉一文中, 我分析高達 (Jean-Luc Godard) 在處理原來屬於文學作品的卡門故事時, 如何藉著引用比才與貝多芬的音樂, 甚至現代複調音樂作曲原則, 使電影媒體達到高度自覺而辯證的表達形式, 從而批判與顛覆傳統劇情片的形式。我認為, 高達電影中意義含混的鏡頭與無秩序排列的片段, 和高達在片中選用的音樂與他處理音樂的方式有密切的關係, 也就是說, 音樂的複音、複調與對位特質, 不同聲部的組合, 樂念的發展, 都與高達這部片子中的敘述技巧、鏡頭畫面結構、場面調度與蒙太奇組合的原則有關。這部片子的主要結構原則便是: 重要的訊息被擺在畫面或聲帶的邊緣, 甚至是劇情的邊緣, 產生了音樂作曲中的複音、複調與對位效果。這種重心移轉增加了片子中所有訊息的不穩定性, 但是也同時加強了所有構成元素的對等與辯證關係。因此, 談到高達隱晦的敘述架構、故事外的音樂與荒誕的畫面構成時, 梅茲的敘述理論是不夠的, 我們不能不借助現代音樂的複調作曲原則。複調作曲原則使得高達自由地賦予電影中各元素對等的份量與其間的辯證關係, 正是在各種異質文本的邏輯獨立發展而相互干預時, 電影本身自我指涉與自我批評的論述距離更顯清楚, 各層符號系統之意義亦因相互並置下的不穩定指涉狀態而激盪出更廣泛而流動的意義空間。

在〈浪漫歌劇中文字與音樂的對抗、並置與擬諷〉一文中, 我討論幾部歌劇作品中文字與音樂兩種符號系統的對抗, 以及透過這種對抗, 歌劇作品呈現異質模式的並置與多重論述層次的同時進行。我的論述重點是浪漫時期的歌劇，以十九世紀白遼士 (Hector Berlioz) 的「特洛伊人」(*Les Troyens*)、比才 (Bizet) 的「卡門」(*Carmen*)，與威爾第的「奧塞羅」(*Otello*)為例。例如「特洛伊人」中音樂與文字的對立代表群眾與個人的對立；「卡門」中的音樂與文字代表自由對抗命運；威爾第以浪漫精神重寫了文藝復興的文本，並對宗教提出嚴厲的擬諷，並使「奧塞羅」中音樂的單純信心被代表邪惡的文字重重構織而阻斷。我同時也選了十七世紀蒙臺維地 (Monteverdi) 的「奧菲爾」(*Orfeo*)、十八世紀葛路克 (Gluck) 的「奧菲爾」(*Orfeo ed Euridice*)，與二十世紀理查史特勞斯的「那克蘇的阿莉艾蒂妮」(*Ariadne auf Naxos*) 來作對照。我認為，這些作品中文字與音樂兩種符號系統之對抗、異質模式的並置，以及多重論述的交織，是歌劇作曲家與作詞者批判文化的方式。他們利用這些多重論述的並行，構織出與當時或前期文化的互文以及擬諷。這種論述距離與反身指涉便是藝術家自我界定的原動力。

〈「特洛伊人」中的異質聲音與多重主體〉可以說是〈浪漫歌劇中文字與音樂的對抗、並置與擬諷〉一文的延續。前文的結論中，我指出這些藝術家藉著女性角色或地獄信徒，來製造音樂中異質模式的對立，是他們藉以定義自我的異己。此文中我從此論點出發，先討論以性別區分文字／音樂之謬誤。其次，我指出音樂中多重論述及異質元素並存之特色。本文重點在探討白遼士的歌劇「特洛伊人」中，白遼士如何利用重出交錯的視覺意象來對立卡珊卓與群眾的視野差異，以及微妙的調性處理與配器安排，製造卡珊卓與戴朵之間的關連與處境變化帶來的諷刺；更重要的是，卡珊卓與戴朵都被棄絕於理性文字之外，在感情的極度狀態中，沒有語言可以表達。她們的瘋狂被樂團中的弦樂群以不和諧的拉扯來襯托，亦藉著她們自己高音音域與低音音域的跳動凸顯。史詩英雄以尼雅反而成為被架空的邊緣聲音。卡珊卓與戴朵是白遼士藉以叛離群眾、批判集體行動的異質聲音；歌劇文本中主體聲音不斷在群眾、卡珊卓、戴朵與以尼雅之間的轉換，白遼士藉此提出他對集體聲音的批判，也完成了他對自己的批判。

在〈受難劇的激情：大眾傳播、電影工業與文化批判〉一文中，我以受難劇（Passion）的各種改寫版本為例，討論藝術概念形象化的問題。從《福音書》，到巴哈（J. S. Bach）的清唱劇「馬太受難曲」（*Saint Matthew Passion,* 1728），到巴索里尼（Pier Paolo Pasolini）的電影「馬太福音」（*The Gospel according to Saint Matthew,* 1964），可以說是「道」不同程度的形象化呈現。如同「道成肉身」，神的道必須藉著基督的肉身向眾人展現；任何簡單的意念，也必須藉文字與形象呈現。耶穌為了祂對大眾的愛（passion）而受難（Passion），而祂的受難又成為大眾觀看的激情（passion）演出。電影藝術在大眾文化之間，就像是「道」（the word）與「肉身」（the flesh）、耶穌與群眾之間一樣，存在著無法化約的辨證距離。

我在此文中討論的重點在於電影藝術如何面對這種「道成肉身」／藝術「成形」，以及耶穌／藝術與大眾之間的辯證難題。丹尼·阿崗（Denys Arcand）以「蒙特婁的耶穌」（*Jesus of Montreal,* 1989）指出大眾傳播體系內符號複製的弔詭與陷阱。高達（Jean-Luc Godard）在「受難劇」（*Passion,* 1981）中，以耶穌受難的故事影射電影的喪失，並展開導演尋找光線／神／電影不得而轉向發現光線／神／電影的實驗。在此片中，高達採取阿多諾（Theodor Adorno）對文化工業——亦即是大眾文化——的批判態度，提出他對電影工業的文化批判；同時，他也回應阿多諾對電影藝術形式的質疑，而提出他自己的電影美學。高達利用各種反身指涉的電影語言，不斷反覆捕捉與解放影像，指涉並檢討電影語言中光與影的問題，進而檢討影像的虛構模擬本質，從而藉著顛覆傳統的視覺經驗，以及呈現聲與影的辯證關係，來達成具有創造力的電影語言，也就是片中所謂的「愛的詩篇」。然而，藝術成形的過程是愛的過程，是道成肉身與耶穌受難的過程，從抽象的概念到具象的演出，仍然必須回到形象的取消。

本書第二部分是我這幾年來教授文學與藝術這類課程的過程中所作的思考。我一向認為人文教育的分科不應過於狹隘，尤其是牽涉到討論文化的課程，更需要了解文化中多種意識型態與表達方式的相互指涉與交錯構織的現象。我在〈文學、藝術與西方文化之教學〉這篇文章中，便討論在臺灣教授此類跨學科人文課程的困難與重要性，並呼籲我們將文學與藝術納入英文系、比較文學系、其他語言學系，與一般人文通識教育的核心課程。另外，我還在附錄部分列舉了幾個我個人設計此類課程的例子，以供有興趣的讀者參考。

「戰爭安魂曲」中的
互文、對位與文化詮釋

壹・前　言

爲什麼在研究英國文學的研討會上，可以談布列頓（Benjamin Britten）的安魂曲？我要研究的文本是文字？還是音樂？可以說兩者都不是。我要討論的是，英國詩人歐文（Wilfred Owen）在第一次世界大戰當中寫的詩，如何在第二次世界大戰後被演出、被詮釋。此處指的演出是在教堂中，以安魂曲的形式演出，配以人聲獨唱、合唱，再加上三種樂器伴奏 —— 一組是完整編制的管弦樂團，一組是管風琴，一組是室內樂團。歐文的九首詩被安排穿揷在拉丁文的安魂曲經文之中。在英國的人文傳統內，這種演出具有什麼意義？作曲家布列頓在選擇歐文的詩，排列穿揷在安魂曲拉丁經文中，配合樂器與人聲演出時，他的詮釋角度與方式是什麼？

對我來說，「戰爭安魂曲」(*War Requiem*)是一種文化文本，更確實的說，是綜合幾種論述的共生體。所謂文本，不只是指一組被文化寫定的符號，更是「各種不連貫的符碼的組合」(Barthes, *Music, Image, Text* 159)，由各種「同時期或非同時期的引文(citation)、指涉、回響，與不同文化語言交織而成」(160)。如此，我們要討論的是「文本中的文本與文本之間的關係」(text-between of another text)，是不同引文、指涉、文化語言之間的「互文效果」(intertextuality)，

以及其中不同論述共同進行產生的「立體音響」(stereophony 160)。巴特 (Barthes) 選用聽覺的意象來比喻文本，是因爲西方音樂透過各種配器 (orchestration)，呈現複音、複調、和弦、對位的本質。音樂的演出綜合各種異質的音色、曲調、節奏，藉時間延續形成結構，各種異質元素個別凸顯不同論述聲音。這種現象與文字文本中異質聲音並存是類似的。

布列頓創作音樂的一種傾向是在一個作品中把許多截然不同的對立元素組合起來（Machlis　479)。在「戰爭安魂曲」中，拉丁文部分出自天主教傳統中不同時期寫成的不同經文，歐文的詩也分別在他參戰期間先後寫成。經過排列穿插後，拉丁經文與英文詩這兩層個別由不同文化傳統中產生、組合、鑲嵌出的文本交錯進行，編織出一種新的網絡；這網絡保留兩種文字的差異與對應，其中因差異與對立而產生的互文效果凝聚出了新的意義。演出時，人聲唱出的經文／詩文配以不同樂器、不同曲調交織產生了不同論述同時進行的立體架構與對位效果，這正是巴特在談論電影媒體的「第三意義」（The Third Meaning 53) 時，提及的藉由聽覺產生的文本／編織品 (textual) 特性。

在本論文中，我要探討「戰爭安魂曲」中各層引文交織造成的互文作用與對位關係如何影響此文本的詮釋，也就是說，在傳統天主教拉丁經文與安魂曲式的架構中，藉著選擇歐文的詩，排列穿插於拉丁經文中，布列頓的「戰爭安魂曲」如何詮釋歐文的詩，同時如何也藉「戰爭安魂曲」的形式詮釋或質疑傳統的安魂曲形式與背後的意識型態。我們可以依三個方向來討論這個問題：㈠布列頓排列穿插拉丁經文與英文詩的原則；㈡布列頓排列下拉丁經文與英文詩意象模式的交互指涉，相互置換、顚覆、化解；㈢布列頓配合文字安排的音樂層次——節奏、人聲、樂器等 ── 造成的幾重音樂論述(musical discourse), 與幾重意識層與潛意識層的互動。一件藝術品的形成中, 含有多層論述與多層意識型態的交織。一種傳統形式的借用絕不是天眞而無用意的, 我眞正感興趣的是藝術家如何藉形式來批判形式, 與形式之後的意識型態; 也就是說, 藉著重寫, 藝術家構建了自己的意義世界。

貳・拉丁經文與英詩的互文

布列頓畢生都與文字傳統有深厚關係。他與詩人奧登 (W.H. Auden) 長期的友誼與合作激發了他對詩的興趣。他曾經改編成歌劇的文學作品包括: 《比利巴頓》、《碧廬冤孽》(*The Turn of the Screw*)、《露克西亞的誘奪》、《仲夏夜之夢》、《威尼斯之死》; 譜成歌曲的詩作有米開朗基羅、莎士比亞、密爾頓、布雷克、華滋華斯、濟慈、雪萊、但尼生、林保德、哈代、奧登、艾略特等人的詩。霍夫曼(E. T. A. Hoffmann)曾說,「詩人與音樂家是同一教會的成員, 兩者關係密切, 因爲文字與音樂的奧祕是一樣的」(qtd. Scher 225)。這對布列頓來說是再眞實也不過的。文字是令他著迷, 無法棄之不顧的傳統。在文字與音樂的形式之間來回操作, 使他充分了解文字中的音樂性。布列頓在「戰爭安魂曲」1962年首演之後曾說, 他很早以前便想把歐文的詩譜爲音樂 (Robertson 263), 除了奧登的建議❶, 與歐文詩中明顯的音樂性之外❷, 主要原因是歐文詩中的反戰主題❸。他把歐文詩集之序放在他的總譜的首頁:「我的主題是戰爭, 與因戰爭而產生的憐憫之情。詩存在於憐憫之中……今日詩人唯一能做的只有提出警告。」(Robertson 266) 布列頓本人一向是和平主義者, 早在 1936 年, 他與奧登合作，奧登寫詞，他譜曲，寫出的一套歌曲「我們狩獵的祖先」(Our Hunting Fathers) 中，便肆意嘲諷英國社會嗜狩獵之野蠻特性（Kennedy 21）。當布列頓被邀請寫一首合唱曲，慶祝科芬特里(Coventry) 大教堂1962年重建完工後的開幕儀式，布列頓欣然同意，並決意要作一首安魂曲來批判人類嗜戰的罪行。

「戰爭安魂曲」的文本由多重符號交織。文字的部分含有兩種層次：第一層是布列頓選擇的拉丁經文，第二層是布列頓選擇的九首歐文詩。傳統安魂曲中拉丁經文出自不同章節❹，全曲的基本結構包含九大部分：㈠進臺詠(Introit)；㈡慈悲經 (Kyrie)；㈢升階經(Graduale)；㈣讀唱詠 (Tractus)；㈤繼敍詠 (Sequences)；㈥奉獻經 (Offertorium)；㈦聖哉經 (Sanctus)；㈧羔羊經 (Agnus Dei)；㈨聖餐經(Communion)。布列頓選了其中六部分，依內容安排了九首歐文的詩（表一）。每首詩都與相關的拉丁經文有高度的對應關係。

表一 安魂曲拉丁經文與歐文詩排列順序之對照表

拉丁經文曲目		主要經文	歐文詩名	大意
I	安息經 Requiem	主啊，請賜給他們永遠的安息，並以永恆的光照耀他們 Requiem aeternam dona eis, Domine; et lux perpetua luceat eis.		
			<給不幸喪生的青年之頌歌> “Anthem for the Doomed Youth”	死在戰場上的士兵沒有喪鐘、經文、花環、蠟燭、棺柩……

	慈悲經 Kyrie	主啊，請垂憐 Kyrie eleison		
Ⅱ	震怒之日 Dies irae	那是震怒之日，舉世都將化爲灰燼 Dies irae, dies illa Solvet saeclum in favilla		
			＜號角吹起＞ “Bugles sang”	號角響起，戰爭開始
	號角響起 Tuba mirum	神奇號角響遍四方，已死的衆生自墳塚站起，接受審判 Tuba mirum spargens sonum per sepulchra regionum……Cum resurrget creatura, Judicanti responsura		
	威嚴君王 Rex tremen-dae majes-tatis	你是可怕威嚴君王，勿忘拯救我 Rex tremendae majes-tatis, Oue salvandos salvas gratis, Salve me, fons pietatis.		
			＜下一場戰役＞ “The Next War”	士兵與死神並肩作戰
	至慈耶穌 Jesu pie	至慈耶穌求你垂憐——寬恕我，免我於火焚 Recordare Jesu pie, Quod sum causa tuae viae;		
	惡人受判決 Confutatis	惡人受審，被判投入熊熊火焰 Confutatis maledictis Flammis acribus additis.		

			“On Seeing a Piece of Our Artillery Brought into Action”	舉槍……開始罪行
	震怒之日 悲慘之日 (流淚之日) Lacrimosa dies illa	悲慘流淚之日罪人接受審判 Judicandus homo reus	<徒然> “Futility”	生命之成長只爲了死亡?
Ⅲ	奉獻經 Offertorium			
	主耶穌 Domine Jesu	昔日你曾應允亞伯拉罕和他的子孫 Quam olim Abrahae promisisti et semini ejus.		
	犧牲 Hostia	主啊! 我們獻上犧牲與禱告 Hostias et preces tibi Domine laudis offerimus.	<老人與年輕人的寓言> “The Parable of the Old Man & the Young”	亞伯拉罕獻祭兒子以撒的故事
Ⅳ	聖哉經 Sanctus	聖哉! 你的榮光充滿天地 Sanctus, Sanctus, Pleni sunt ceoli et terra gloria tua		
			<終局> “The End”	戰爭之後一切終止
Ⅴ	羔羊經 Agnus Dei	神的羔羊，免除世罪，請以永恆的光照耀他們，賜給他們安息 Agnus Dei, qui tollis peccata mundi, dona eis requiem.	<髑髏地> “At a Calvary near the Ancre”	牧師向國家效忠士兵在戰場上死去

Ⅵ	請拯救我 Libera Me	拯救我於永劫的死亡，請賜給他們永遠的光 Libera me, Domine, de morte aeterna.		
			＜奇異的相聚＞ “Strange Meeting”	兩名士兵死後在地獄相遇
	在天堂 In Paradism	願天使引導你到天堂 In paradisum deducant te Angeli		

爲何在歐文的詩作中，布列頓可選出與安魂曲經文對稱的詩排列出安魂曲的格式？這些詩多半是歐文在1917年到1918年之間寫成的，其中〈號角吹起〉完成時間更早，那時當然不是爲了安魂曲的形式而寫的。難道歐文一生創作便落入這個格式？還是他的經驗呈現了人類的集體經驗，而安魂曲的形式又是此類集體經驗的累積？在歐文的這九首詩，或是他全部的戰爭詩中，我們看到的是人類在基督教的傳統中，面對戰爭、面對死亡、面對無理性的毀滅時，思考人與神的關係，以及人的生存意義。

安魂曲內有什麼集體經驗？傳統安魂曲源自羅馬天主教爲死者所唱的彌撒曲（The Mass for the Dead），是早期基督徒爲死者送葬，將棺柩抬至城外的墓穴下葬的儀式中所唱的經文。西元 772 年，神聖羅馬帝國第一位皇帝查理士大帝選定法蘭克斯人原有的拉丁經文，與葛麗果（Gregorian）聖歌的交互輪唱曲式，制定了統一的規格。因此，後世的安魂曲實際上有法國天主教的源頭（Robertson 9）。安魂曲主要包含九部分，這九部分可增可減，各部分中經文多半固定不變，如「進臺詠」中的「安息經」:「請賜給他們永遠的安息，並以永恆的光照耀他們」。第二部分的「震怒之日」:「那是震怒之日，舉世都將化爲灰燼」,

「審判之日，號角響起，無人能逃過」。第三部分「犧牲」:「我們獻上犧牲與禱告,求神紀念，求神接納」，到「聖哉經」的頌讚神的榮光，「羔羊經」祈求「神的羔羊，免除世罪，請以永恆的光照耀他們，賜給他們安息」。歷代安魂曲作者多半都延用這些經文，而只在樂器配備與曲調上加入作者的詮釋。仔細閱讀拉丁經文中的文字，我們看到人類在仰賴神、敬畏神之同時，哀悼親人的死亡，哀悼生命的短暫與渺小，害怕世界末日的毀滅與審判，但亦讚美神的公義，祈禱神接納死者的靈魂。信賴、仰望、尊敬、畏懼、懇求、哀慟、傷別，這些複雜的經驗都綜合在安魂曲中。每一首都是人對神的對話、祈禱，取自不同時代、不同人的禱詞。

由於安魂曲式有固定的排列次序，而且藉基督教宗教信仰的意識型態來決定此形式; 因此，雖然安魂曲中的經文都是人與神的對話，整體的架構卻有一定的開頭與結尾，成爲一種敍述、一種信仰、一種呈現事件的說法，背後有上千年基督教的意識型態支撐。從「安息經」、「震怒之日」、「審判之日」、「流淚之日」的哀歎恐懼，到「奉獻經」、「聖哉經」、「羔羊經」的奉獻讚美，是一套完整的自我說服文字，也是加強宗教信心的敍述方式。這一系列的經文藉祈禱方式反覆鞏固基督教的信仰。人類面對死亡時，必須放棄對軀體的依戀，對人世愛情的執著，而將一切交托審判之神、公義之神。人類的聲音只能藉「震怒之日」與「流淚之日」流露出一種懼怕、惶恐、哀慟之情。但是，這些感情仍然必須立即爲理性的信仰架高，以一致的聲音歌頌神。教堂中反覆這些宗教儀式，反覆這些自我說服的宣稱。生死的邏輯亦十分明顯，一切交由神來解釋。

「戰爭安魂曲」中，拉丁文與英文的文字差異已暗含意識型態上的差距。布列頓一向譜曲的詩皆爲英國詩，歌劇亦皆爲英語發音，這當然是有意爲英國音樂在樂壇上爭一口氣。安魂曲雖爲宗教儀式之固定曲式，但是正如柏頓 (Julian Budden) 所說，十九世紀後，安魂曲之作曲已不再是訴諸於具有一致宗教信仰、無批判、無懷疑、如同大合唱的傾訴、祈禱、告白，因爲宗教已是個人的情感，不再是集體的情感 (317-318)。韋耳第的安魂曲中富戲劇性的不同聲部對唱，衝突性強，已經脫離了宗教音樂宣敍、祈禱的傳統。布拉姆斯有意脫離拉丁經文的傳統，選取路德所譯《聖經》中的經文，以德文唱出的安魂曲，更是要強調本土經驗。布列頓保留傳統拉丁經文，卻在中間插入當代英文詩，則強化了拉丁／本土之對立。

拉丁文當然是遙遠的、陌生的、異國的，令人肅然起敬。拉丁經文中的文字是正統中世紀天主教信仰的具體表現，充分流露人對神與死亡的態度：神是一切依歸，而死亡是永生之門。在音樂部分，布列頓安排了兩組合唱團分別唱出拉丁經文，一組是女高音獨唱、合唱團，與整個管絃樂團，唱的經文是爲世人祈求神的憐憫，爲死者祈求安息，表達世人對神的敬畏，與對審判的惶恐。另一組是男童合唱，配以管風琴，所唱的經文則多屬讚美、信賴。布列頓曾說，這男童的合唱部分應是遙遠、來自天國的聲音，甚至有些華德狄斯奈式 (distant, celestrial, Walt-Disneyish) 的特質(Robertson 269)。羅伯森認爲這男童合唱代表的是布列頓一輩子一直要處理與批判的「天眞」(Innocence)的問題 (269)[5]。無論是男女聲合唱，或是男童音合唱，拉丁經文部分所訴說的是一種集體的情感，一種建立在宗教信仰上的生死觀。由永生看死亡，則死亡僅是一個通道。以男聲獨唱唱出的英文詩部分和拉丁經文的這兩種合唱造成強烈對比。英文詩部分不再是拉丁經文中的集體宗教，而是以本國語言、本土經驗、個人情感、人的視野來重新詮釋死亡——尤其是世界大戰中戰爭帶來的死亡。因此，在這拉丁／英文之對立上，我們還可發現其他對立現象隨之而生：傳統／現代、大眾習套／個人情感、永生／現世、神／人。布列頓安排了一位男高音，一位男中音❻，這部分則由小型室內樂團伴奏❼。獨唱部分的效果多半像是個人沈思、低語，或二人對話，呈現的是個人的觀點。甘迺迪（Kennedy）曾說，布列頓最擅長於處理人性黑暗、感情複雜的部分，也擅於以男聲獨唱表達個人的內心世界（124）。大型樂團與室內樂團、合唱與獨唱、拉丁文與英文、宗教與凡人、集體與個人、永生的視野與俗世的視野，是這兩種音樂一出一入造成的辯證差異。而在教堂演出時，大型樂團被安置在離觀眾最遠的位置，銅管爲樂團最後一排，樂團前方是彌撒合唱團，最前面則是小型室內樂團與一位男聲獨唱。這種立體的空間位置會強化樂器群之間的戲劇張力與對比，也使演奏拉丁經文的大型樂團和合唱團成爲龐大的背景。襯托之下，與觀眾距離最近的男高音與男中音顯得比例較輕，但分量卻似乎更重，因爲，觀眾很自然地會與這兩位獨唱者有情感上的認同。從銅管樂器到人聲獨唱，似乎呼應了天堂到人世的距離。

叁・文字／音樂意象的互涉、對位與置換

如果我們仔細閱讀「戰爭安魂曲」中拉丁經文與歐文詩這兩種文本的並置對照，我們可以看出布列頓選擇與排列這兩種文字的原則，那便是，以相似的基本處境爲第一依據；同時在意義上作一百八十度的轉折。譬如說，「安息經」與英詩〈給不幸喪生的青年之頌歌〉並置，兩篇皆是爲死者所寫的文字。「震怒之日」與英詩〈號角吹起〉中的號角都是指「那日」的來臨，世界末日與戰爭開始。「威嚴君王」，「至慈耶穌」，與夾在此二首之間的英詩〈下一場戰役〉都在指人與「神」的關

係。「流淚之日」與英詩〈徒然〉哀悼生命的無奈、人的渺小。「奉獻經」與英詩〈老人與年輕人的寓言〉指涉亞伯拉罕獻祭兒子以撒的故事。「請拯救我」與「在天堂」兩首經文與英詩〈奇異的相聚〉都指死亡後的安息。

I.教堂／戰場

布列頓所選的是相似的處境，更是相似處之外尖銳對立的意象。「安魂曲」序曲的經文是「主啊，請賜給他們永遠的安息，並以永恆的光照耀他們」。全曲開始時，以教堂鐘聲爲背景，敲出規律的節奏，持續全部「安息經」序曲，直到第一首詩文「頌歌」開始才中止。全曲最後一首「在天堂」的最後幾行拉丁經文唱出時，鐘聲再度響起。前後鐘聲的框架鋪設了一個教堂中爲死者哀悼的大背景。但布列頓安置第一首歐文詩〈給不幸喪生的青年之頌歌〉（“Anthem for the Doomed Youth”）中，卻說這批在戰場上像「牛群般死去」(those who die as cattle)（第 1 行）的人沒有喪禮，沒有念經、唱詩、花環、蠟燭、棺柩……，有的只是「野獸般憤怒」的槍炮聲 (Only the monstrous anger of the guns)（第 2 行），和「急促不斷，嘎嘎作響的槍聲」(the stuttering rifles' rapid rattle)形成的祈禱經文，取代合唱詩隊的，是「砲彈尖銳而瘋狂的呼嘯聲」(The shrill, demented choirs of wailing shells)（第 7 行），與「從哀傷的碉堡傳出呼喚他們的號角聲」(And bugles calling for them from sad shires)（第 8 行）。這些「男孩眼中閃爍的道別是唯一的蠟燭」(……but in their eyes/Shall shine the holy glimmers of good-byes)（第 11 行），而「女孩眉間的蒼白是他們的棺布」(The pallor of girls' brows shall be their pall)（第 12 行）。這便是歐文安魂曲的開頭，也是布列頓安魂曲的開頭。沒有安息、沒有祈禱、沒有棺柩、沒有儀式，戰爭仍在進行，人命輕賤不值。「喪鐘」的聲音意象被「號角」和「呼嘯的砲彈」的聲音意象置換，bells 中〔b〕和〔l〕的韻被 bugles 和 wailing shells 中的〔b〕和〔l〕取代，沒說出來卻呼之欲出的是地獄 (Hell) 的意象與聲音。歐文用聯韻 (Pararhyme)，使〔b〕和〔l〕的韻繼續在詩行之間移轉，連串起男孩 (boys)、道別 (good-byes)，與「牛群」(cattle)、槍枝 (rifles)、嘎嘎作響(rattle)、尖銳 (shrill)、「召喚」(calling)、蠟燭 (candles)、蒼白 (pallor)、棺柩 (pall) 等意象。布列頓與歐文鋪設的背景是人的世界，是戰爭中的混亂，是被遺忘的屍體。

第一首詩〈頌歌〉中第一行「像牛群般死去」的意象強烈喚起犧牲、獻祭的聯想，與安魂曲第三部分的「奉獻經」(Offertorium) 前後呼應。「犧牲」、「獻祭」是安魂曲第三部分「奉獻經」的主題。經文中，人們向神祈禱，獻上犧牲、讚美，乞求祂紀念當年應允亞伯拉罕和他的子孫，接納死者，使他們免於陷入無底深淵。經文中暗示神的允諾，這也是基督教信仰的基礎之一。歐文的詩卻一再質疑這種允諾，並指出人類的戰爭造成無意義的犧牲，更有甚者，獻上了犧牲，卻仍不見神的回應。布列頓把「像牛群般死去」的詩行放在序曲中，〈老人與年輕人的寓言〉(“The Parable of the Old Man and the Youth”) 放在第三部分「奉獻經」中，與「犧牲」(Hostia) 同時唱出，加強了「犧牲」的不同詮釋與反諷對比。這首詩應和拉丁經文中亞伯拉罕的典故，基本上根據〈創世紀〉中記載亞伯拉罕獻其子以撒爲燔祭的故事。《聖經》中亞伯拉罕的信心感動神，差遣天使出面制止殺戮的行爲，並以羔羊代替(第22章，6-13 節)。歐文的詩卻有出人意料之外的轉折，天使出現制止，但老人卻不聽從，逕行「殺了他的兒子，與半個歐洲的子裔，一個接著一個」(but slew his son,……/And half the seed of

Europe, one by one.)（第 15-17 行）。詩中將準備燔祭的「火與柴」改爲「火與鋼鐵」（第 5 行）。很明顯的，歐文認爲第一次世界大戰中戰死的千萬士兵是以「火與鋼鐵」祭上的犧牲。而當〈老人與年輕人的寓言〉唱完之後，男童音合唱團中安詳地傳出「犧牲」（Hostia）的拉丁經文:「主啊！我們獻上犧牲與禱告，請你接納他們的靈魂，……因爲你曾應允亞伯拉罕和他的子孫。」當男童音合唱團以單純天眞的信念唱出這整段經文時，男高音與男中音在前方同時重覆「一個接著一個」。這種對位效果使拉丁經文中呈現的宗教信仰與人世間面對的「一個接著一個」的死亡同時並置；兩種犧牲、兩種立場，使得觀眾無法逃避其中對比壓縮下的諷刺意味。

第一首詩〈頌歌〉中第八行的「號角聲」與「震怒之日」的號角和英詩〈號角吹起〉（“Bugles sang”）的號角相互呼應。布列頓把「震怒之日」和歐文的詩〈號角吹起〉排在一起。前者描述世界末日，神的震怒將摧毀一切，天使可怕的號角會召喚所有人類，自灰燼中站起，接受審判。這篇拉丁經文中的世界末日與號角與歐文詩有巧妙的呼應。但是歐文詩中的號角是戰場上的號角應和，召喚士兵前往隔日的戰役。「號角吹起，帶來夜晚悲涼的空氣」(Bugles sang, saddening the evening air)（第 1 行）。詩中藉著〔o〕和〔a〕的聯韻串連起悲傷的意象與「明日」的意象：悲涼（saddening, 第 1 行），悲哀（sorrowful, 第 2 行），悲傷的黎明（twilight sad, 第 4 行），明晨的陰影（the shadow of the morrow, 第 5 行、第 7 行），隱指明日戰役開始之後即將帶來眞正的世界末日。拉丁經文中「神的震怒」、「灰燼」、「顫抖」、「可怕的號角」等世界末日的意象一再重覆。與歐文的詩並置，似乎世界大戰便是神震怒之下摧毀一切的審判之日。而且，第一首詩中「喪鐘」被「哀傷的碉堡中傳出的號角聲」取代，延伸到這一首〈號角吹起〉，但是這號角又被拉丁經文「震怒之日」中的天使可怕的低音大喇叭（tuba），和音樂中的小喇叭、大喇叭、法國號轉移、擴大。在戰場上的世界（喇叭）和教堂中的世界（鐘聲），透過文字意象，再透過音樂意象，形成強烈對比。

Ⅱ.神的概念

神的概念在歐文的〈下一場戰役〉（“The Next War”），「威嚴君王」，「至慈耶穌」與歐文的〈徒然〉四首前後交錯的文字之間有幾重轉折。「威嚴君王」歌頌神的威嚴，「至慈耶穌」歌頌耶穌的寬容溫柔，兩篇祈禱文都懇求神憐憫世人、紀念世人。這種神與人的關係在歐文詩中被置換爲死神與士兵的關係。歌詞是一群軍人不畏死亡之威脅，以死亡爲笑柄的自述：

在戰場上，我們相當友善地走向死亡：
與他同席共食，安靜而慇勤，
我們原諒他不小心把骯髒的食物潑撒一桌。
我們嗅到他青綠濃厚的氣息……
他高聲唱歌時，我們齊聲唱和。
他舉起大鐮刀削割我們時，我們吹起口哨。
哦，死亡從來不是我們的敵人！
我們一同打趣，並肩作戰，
老戰友，沒有任何士兵會和死亡掙扎
我們歡笑，深知更好的人類將會來臨，
還有更偉大的戰爭；每一個自負的戰士都會誇稱，
他為生存而作戰；不為人們——為旗幟。[8]

這是一群將死之士兵自豪的誇言，與安魂曲整個架構中籠罩對已死者的哀傷是一極具諷刺的對比。這些士兵爲國上陣，無畏死亡，甚至以死後有「更好的人類」(better men) 與「更偉大的戰爭」(greater war) 會取代他們而感安慰！這種自負、無畏、打趣的心態，與戰後的毀滅、死寂之景象相較，顯得荒謬得可怕。人類毫不知戰爭的摧毀力，視同兒戲，只顧往前，一再重覆。威嚴的君王、溫柔的耶穌、友善的死神三者並排，已有強烈的諷刺意味存在。歐文的詩中，人類被局限在此時此刻的視野，與拉丁經文中以永生爲依靠的視野更是極大的對比。

「威嚴君王」這一段經文是以女高音唱出的，經文中說一切均記載在他的巨册案卷中，無一罪行能隱匿。這裡的女高音獨唱部分顯得嚴厲、理直氣壯、不容分辯。而以對位陪襯的合唱部分以小聲低語唱出:「無助悲慘的我，我能說什麼？當正直的人也難逃一死時，我能向誰伸出求援之手？」樂隊以急促鼓聲敲打出歌詞中急迫、害怕、惶恐的心情。這段音樂中這兩種截然不同的情緒 —— 頌讚／恐懼 —— 造成了相當強的張力，與下一段「至慈耶穌」中，以柔和的女聲合唱懇求耶穌垂憐的經文更是十分戲劇化的對比。夾在「威嚴君王」與「至慈耶穌」兩段音樂中間的〈下一場戰役〉更使得音樂、經文與詩句之間的對比達到無以復加的諷刺效果。樂隊以「輕快而急促」音樂伴奏，時而配以鈸、鼓，使得聽眾感覺這是一首愉快、有趣、好玩的進行曲，甚至像是馬戲團的遊戲。隱藏在〈下一場戰役〉中的諷刺意味，與未說出來，卻在「威嚴君王」中以對位方式唱出的恐懼，可以說是可說的意識狀態與不可說的意識狀態的對位進行。

〈徒然〉(“Futility”) 這首詩中神的概念藉著「光」的意象發生更複雜的轉換。安魂曲的幾首經文中，除了「安息」之外，最主要而反覆出現的意象是「光」，神的「榮光」或「火焰」。如「請以永恆的光照耀他們」(「安息經」、「羔羊經」、「請拯救我」、「在天堂」)，「那是震怒之日，舉世都將化爲灰燼」(「震怒之日」、「至慈耶穌」)，「所有隱藏的都將顯現」(Quidquidlatet, apparebit,「號角響起」),「惡人受審,被判投入熊熊火焰」(Confutatis maledictis/Flammis acribus additis,「惡人受判決」),「你的榮光充滿天地」(Pleni sunt cedi et terra gloria tua,「聖哉經」)。神的榮耀、公義、憤怒、審判、永生都藉「光」的意象呈現。這「光」可以賦予生命,可以揭露不義,可以審判、懲罰惡人。當然,這「光」亦可轉化爲化萬物爲灰燼的烈焰。

歐文的詩〈徒然〉描述一個死去士兵的屍體,棄置於冰天雪地不見陽光之角落。

將他移到有陽光之處——
陽光曾輕柔地喚醒他,
在家鄉,低語訴說未收割的田野
……
如果有任何事物能再喚醒他,
只有這仁慈古老的太陽會知道。
(流淚之日)
想想它如何喚醒子子孫孫——
也曾經喚醒冰冷星球上的一塊泥土。
難道這四肢,長得如此完美,這軀體,
如此充滿勇氣——依舊溫暖——卻已僵硬而不能再移動了?
難道這泥塊成長就是為了今日?
(從灰燼中……)
難道這泥塊成長就是為了今日?
(罪人站起接受審判)
為什麼那愚昧的陽光要如此多事,
驚擾地球的沈睡? ❾

這首詩中對「陽光」這個意象有多重轉換的處理。首先詩人先利用死亡的黑暗對照生命的光亮，再利用熟悉的陽光引出回憶中舊日家鄉田野與法國情景，但最後卻又加入神的隱喻。從陰暗處外的陽光、家鄉的陽光、法國的陽光，到「仁慈古老的太陽」，「愚昧」「多事」的陽光，歐文把「陽光」和以泥塊創造人的神對等。詩人的問題是，神最初多事，拾起泥土造人，喚醒整個地球，難道竟是爲了這個萬物毀滅的結局？如此看來，這代表生命的陽光是愚昧的，一切都是徒然、浪費、不值。此處拉丁經文中一再頌讚的生命之光、榮耀、公義之神被置換爲多事、愚昧的陽光，驚擾地球沈睡，喚醒泥土，卻又將一切帶向毀滅之境。烈焰與灰燼的意象亦浮動其中❿。

〈徒然〉是全曲正中央，這首詩是以男聲獨唱，旋律簡單，像是沈思，背景只有笛子以最低音吹出顫音，以及弦樂木管偶而以同一音符延長。這背景音樂雖簡單，卻充滿張力，最後連續四個問句音階漸漸提高，間插了充滿旋律性的淒美經文「流淚之日」，使得詩句中的質疑顯得更爲尖銳。「流淚之日」被安置在〈徒然〉之前，部分經文甚至穿插在〈徒然〉的詩行之間。全首安魂曲中，唯一具有「水」的意象，唯一較溫柔、哀傷的曲調是「流淚之日」（Lacrimosa）的經文——「流淚之日，從灰燼中，罪人站起，接受審判。哦！主，請憐憫他。」「悲慘流淚之日」以女高音與女聲合唱二重唱重覆簡單淒美的調子。在「悲慘流淚之日」之前，布列頓重覆了這整個段落的第一首經文「震怒之日」——「此日萬物化爲灰燼」。沈重而憤怒的鼓聲一聲聲敲出神摧毀一切的決心。「震怒之日」這句中往下遞降的音階，象徵世界末日，萬劫不復之境。經文與詩並置，更凸顯戰爭的殺傷與毀滅。

Ⅲ.世界末日

世界末日之後，基督教給人們什麼樣的期盼？「戰爭安魂曲」中最後一首「在天堂」的拉丁經文說「天使會帶領你進入天堂，聖徒將歡迎你，帶領你進入聖城」(In paradisum deducant te Angeli: in tuo adventu suscipiant te Martyres)。聖城中充滿榮光、安息、和平。但是，這首經文中時時浮現前一首詩〈奇異的相聚〉(“Strange Meeting”) 中最後一行:「讓我們睡了吧!」(Let us sleep now……)這首〈奇異的相聚〉是兩個士兵死後相遇的對話。他們發現自己在一個「幽深無底的地道中」(profound dull tunnel)，留在身後的是「沒有活過的歲月」(the undone years)、「絕望的時刻」(The hopelessness)、「尚未說出的眞理 —— 戰爭與憐憫」(the truth untold —— the pity of war)。這絕不是「充滿榮光」的天堂。這首詩使得「在天堂」的經文本身成了疑問，也回應安插在「聖哉經」與「羔羊經」之間的詩〈終局〉(“The End”) 中的問句: 一切終了之後，祂會「召喚起屍體，中止死亡，停止淚水，重賜青春」(Shall life renew these bodies? Of a truth all death will He annul, all tears assuage?……Fill the void veins of Life again with youth)(第 5-7 行)嗎? 回答是否定的。大地說「我如大海般的淚水永遠不會枯乾」(Nor my titanic tears, the sea, be dried.) (第14行) 神曾應允亞伯拉罕和他的子孫「永不陷入無底深淵、黑暗的地獄」(「主耶穌」Domine Jesu)，但是歐文與布列頓所發現的卻不是如此。

Ⅳ.音樂中意識層／潛意識層的互動

歐文的詩中充滿聲音的意象。他早年思考自己發展方向時，曾把音樂、繪畫、雕塑與詩都列為考慮之中。歐文在1914年，寫給他母親的信中說，「我自認為可成為一個音樂家，我熱愛音樂，強烈到我必須隱藏這種熱情，以免別人認為我軟弱」⓫。歐文對音樂的熱愛可在他的詩作中看出，他的詩許多是以音樂形式為詩名，如〈頌歌〉(“Anthem”),

〈冬之歌〉("Winter Song"),〈音樂〉("Music"),〈我的歌〉("On My Songs"),〈四月與九月的輓歌〉("Elegy in April and September"),〈所有聲音都是音樂〉("All Sounds have been as Music"),〈詩篇〉("Song of Songs")。他除了常用聯韻製造節奏感與韻的連續，更利用豐富的聽覺意象製造詩中迴響的空間。在布列頓選的這九首詩中，就有不少例子，如〈頌歌〉中的喪鐘(bells)、號角(bugles)、祈禱文(orison)、禱詞(prayers)、合唱隊(Choirs)、嘎嘎作響(rattle)、結巴連續(stuttering)、呼嘯(wails)、聲音(voice);〈號角吹起〉中的歌唱(sang)、合唱(chorus)、吹口哨(whistle)、咳嗽(cough)、大笑(laugh)、誇口(brag);〈徒然〉中「低語的田野」(whispering field);〈終局〉中「時間的鼓聲」(drums of Time)、「雷電爆響」(blast of lightning)、「巨響的雲層」(loud clouds)等，這是一個聲音的世界。

為什麼歐文擔心他之喜歡音樂會讓別人認為他軟弱？因為聲音流露出的情感比字面的意義要多出一個層次，文字中的情感、口氣、語調、反諷，與字義之間造成的和音或對位效果就像是音樂中的和音或對位一般。布朗(Calvin Brown)在討論文學與音樂的關係時指出，詩的文字無法眞正呈現音樂中的和音或對位關係，因為文字是單音進行的，不能像音樂同時呈現不同音符。但是，藉著文字中的多重含義，如雙關語(pun)，文字可以「同時呈現一件事物的兩種面貌」，如此，字面義與引申義會形成和弦或對位效果(42)。就像音樂可把不同樂器、旋律以對位關係組合，同時進行，主旋律是意識層面講出來的話，而副旋律或低音主題則以規律或不規律的方式在底層交錯浮現。說出來的話是意識層面的宣言，未說出來，卻透過聲音、意象、口氣、語調，流露出潛意識的情感。歐文對宗教與戰爭便同時具有意識層面與潛意識層面兩種不同態度。

歐文從基督教徒的信仰，到懷疑、拒絕、指控的轉變，可在詩中看出端倪。歐文早年接受傳統喀爾文(Calvinist)教派的教育，母親是虔誠教徒，因爲他的母親希望他成爲神職人員，他還一度在但頓(Dunsden)教區當助理。教區牧師規定他放棄寫詩，也放棄與教區貧窮人家子弟的交往。前者等於要他放棄想像力，後者要他放棄人性關懷。兩者都是歐文無法接受的。因此，他於1913年宣布脫離教會。但是，由於他早年的背景，他一生的詩中都充滿宗教的典故，與被置換的宗教意象。

歐文從參戰的浪漫英雄主義到反戰的憐憫心態，也可在他的詩中找到。歐文早年深受浪漫詩影響，他尤其特別推崇濟慈，因此，他的詩中時時有浪漫情懷的痕跡。柏金斯 (Perkins) 指出，歐文的浪漫主義使他的詩別具特色，但亦因此而受人批評 (163-166)。歐文在 1915 年參戰，也是受了浪漫主義，以及當時英國普遍的參戰熱情所影響，他們認爲參戰是主持正義，盡捍衞國家的義務，甚至在戰場上捐軀也是爲了換取後方家園親人與下一代的平安 (Hibberd, *Poetry of the First World War* 12-14; *Owen the Poet* 55-56; Hibberd and John Onions 1-14)。歐文早期的詩中不難找到這種國家主義，歌頌戰爭與大無畏英雄主義的詩行 (H.D. Spear 54)，布列頓選的〈髑髏地〉(At a Calvary)中，最後兩行「但是熱愛更偉大的愛的人／在此捐軀；他們並不怨恨」(But they who love the greater love, Lay down their life; they do not hate. 第11-12行)，便呈現了這種心態。

歐文在1917年親身經歷壕溝戰的血腥，碉堡中日夜被砲轟的恐怖，與目擊如牛群般陳屍遍野、無人悼念的陣亡士兵之後，他對戰爭的態度有了轉變。歐文看穿了戰爭的虛無面。認識了沙順(Sigfrig Sassoon)，更加速改變他寫詩的風格。他開始不斷描寫戰爭中的恐懼、悲哀、絕望、無意義，和他對戰爭的憐憫。在〈下一場戰役〉中，他藉士兵的口吻說，我們和死亡「合唱」、「吹口哨」、「大笑」、「同食共飲」，「雖然眼睛流淚，但是我們勇氣不曾扭曲」(Our eyes wept, but our courage didn't writhe)，文字中是自負驕傲的誇言，但是文字背面隱藏的恐懼與反諷口吻是不容忽視的。因爲他們大笑只是要掩飾他們的眼淚。正如史拉維克 (Slawek) 所說，歐文詩中的「笑」，是在「面對非人性的環境，逃避瘋狂 (insanity) 的唯一方法」(319)。這些士兵不是爲人們而戰亡，卻是爲「旗幟」、爲國家。而且，詩中的經驗與其他詩中死亡帶來的哀傷與虛無感亦形成對比之下的反諷。〈號角吹起〉中的詩句：「舊日意氣消沈的聲音已滅絕／取而代之的是明日沈重的陰影」(Voices of old despondency resigned, /Bowed by the shadow of the morrow, slept. 第 6-7 行)。死亡的陰影與戰前的悲哀使得詩人不容再有浪漫懷舊的憂鬱 (despondency)。十四行詩〈頌歌〉中第一句「爲這些像牛群般死去的人敲的喪鐘在那兒呢？」(What passing-bells for these who die as cattle?) 沒有！只有戰場上的槍炮聲。這首詩很明顯的是模仿濟慈的〈秋天頌〉。但是，歐文所說的是，在戰場上、在生死之間，舊日浪漫的情懷早被戰爭慘酷的事實取代。

歐文對宗教與戰爭的多重情感，以及他在字面意義之外營造出的意象轉折、反諷口吻，都被布列頓利用音樂曲式、樂曲前後排列、多重旋律的對位、不同人聲的配合而演出。歐文利用宗教的意象改寫宗教，利用戰場上的荒謬、虛無、徒然，改寫國家英雄主義，正如布列頓用安魂曲式改寫安魂曲，呈現戰場上有限卻眞實的視野，而不是教堂期盼永生的安詳視野。戰場上恐怖的末世景象藉著全曲中反覆出現的「震怒之日」主題而無法逃避，藉著拉丁經文與歐文詩中多重意象交互指涉、顚覆、化解而加強，藉著音樂意象與文字意象之間的轉移、置換而複雜，更藉著同時以對位方式進行的器樂、人聲、文字之互動而凸顯對比張力。

了解布列頓的「戰爭安魂曲」在科芬特里大教堂1962年首演情形的音樂學者都指出此項演出的諷刺意味(Kennedy 87; Robertson 266)。從科芬特里大教堂的窗口往外看，恰可看到一座建於中世紀，毀於第二次世界大戰的歌德式教堂之廢墟。在這座中世紀教堂中曾唱過無數次安魂曲，現在這座新教堂演出安魂曲是慶祝新教堂的落成，亦是對第二次世界大戰造成災害的哀悼。「戰爭安魂曲」是什麼傳統下的安魂曲？是什麼傳統下的文化文本？我們可以說，在「戰爭安魂曲」中我們看到布列頓以多種文化語言，多種不同時期的引文，以及立體交織與對位原則，演出了他對二次世界大戰的詮釋，提出了他對國家英雄主義的強烈批判，也提出了他對傳統安魂曲式敍述體系的根本質疑。

本論文於一九九一年中華民國第四屆英美文學研討會發表，並刊登於《第四屆英美文學研討會論文集》(1992)，223～251頁。

注　釋

❶ Herbert Lowmas (378) 與 John H. Johnston (160) 都指出奧登深受歐文的影響，也說奧登很早便建議過布列頓將歐文的詩譜成音樂。

❷ 歐文善用聯韻，緊密連結的行間韻製造出特殊的節奏與諧韻，如“Stuttering rifles' rapid rattle”。

❸ 歐文的反戰詩寫於大戰期間，是他在戰場上的親身經驗。歐文在1918年休戰合約簽定前一週戰死，當時年僅二十五歲。

❹ 如「震怒之日」是出自<路加福音>第 21 章 25-33 節，與<彼得後書>第 3 章 7-12 節。

❺ 在《碧廬冤孽》中，布列頓也處理同樣的問題——人類天眞的可能性。

❻ 首演時，男高音由 Peter Pears 主唱，男中音由Dietrich Fischer-Dieskau 主唱，女高音由 Galina Vishnevskaya 主唱。布列頓有意安排一位英國人、一位德國人，與一位俄國人，用意是想呈現跨國界的全人類經驗。

❼ 首演時布列頓親自指揮室內樂部分。

❽ 英文原詩如下:

Out there, we've walked quite friendly up to Death:
Sat down and eaten with him, cool and bland,
Pardoned his spilling mess-tins in our hand.
We've sniffed the green thick odour of his breath,
……
We chorused when he Sang aloft;
We whistled while he shaved us with his scythe.
Oh, Death was never enemy of ours!
We laughed at him, we leagued with him, old chum.
No soldier's paid to kick against his powers.
We laughed, knowing that better men would come,
And greater wars; when each proud fighter brags
He wars on Death——for Life; not men——for flags.

❾ 英文原詩如下:

Move him into the sun——
Gently its touch awoke him once,
At home, whispering of fields unsown.
……
If anything might rouse him now
The kind old sun will know.
(Lacrimosa dies illa)
Think how it wakes the seeds——
Woke, once, the clays of a cold star.
Are limbs, so dear-achieved, are sides,
Full-nerved——still warm——too hard to stir?
Was it for this the clay grew tall?
(Qua resurget ex favilla)
Was it for this the clay grew tall?

(Judicandus homo reus.)
O what made fatuous sunbeams toil
To break earth's sleep at all?

⑩ Dennis Welland 指出歐文另一首詩 "Spring Offensive" 中太陽代表「特意的拒絕」，強調地獄與詛咒的意象 (153)。

⑪ 1 May 1914, *Collected Letters*, ed. Harold Owen & John Bell, (Oxford UP., 1967.)"I certainly believe I could make a better musician than many who profess to be, and are accepted as such……I love music, with such strength that I have had to conceal the passion, for fear it be thought weakness……"

高達「芳名卡門」中
音樂與敍述的辯證關係

梅茲 (Metz) 在《電影語言》(*Film Language: Semiotics of the Cinema,* 1974) 中，把電影的語言歸納爲影像論述 (image discourse or filmic discourse)，以別於封閉的語言系統 (language system, 58-59)。梅茲借用文學敍述理論來討論電影語言，並分析電影中排列影像的原則。對梅茲而言，電影中的基本元素是影像，而連串影像的主要原則是敍述，敍述中有故事 (diegesis)，有情節，有起承轉合。但是，除了基本的敍述脈絡之外，與情節發展無關係的影像 (extra-diegesis) 也會錯落其間，這些影像作用不一，可以是修辭中的隱喩，可以是意識流中的過去或現在的自由聯想，也可以是電影導演本人透過鏡頭對觀眾的直接談話。在《電影語言》這本書中，梅茲整理出一套十分詳細的影像排列系統，他把影像區分爲兩大類別，一種是獨立存在的影像，插入於其他系列之間 (inserts)，另一種是排列性的影像 (syntagmas)。排列的方式又可分爲非時序性排列，如平行排列 (parallel montage syntame) 與括弧排列 (bracket syntame)，和時序性排列，如描述與敍述，此敍述可依線性發展或交替發展 (108-146)。梅茲理論中所區分的這些不同類型的排列原則可以解釋電影中呈現故事或訊息的方式。電影研究者在討論電影中序列之結構時，多半都會援用梅茲取自文學敍述理論發展的電影敍述理論。

但是梅茲的電影語言中只處理影像，沒有處理聲音，而影片中音樂與敍述間的關係卻十分複雜。包德威爾 (Bordwell) 在《電影藝術》

(*Film Art,* 1989) 中討論電影中聲音的作用時，曾探討聲音與敍述的關係。根據包德威爾的研究，音樂也可以區分爲故事內的聲音 (diegetic sound) 或是故事外的聲音 (nondiegetic sound) (Bordwell 242-249)。與劇情中影像同時發生的音樂當然是故事內的元素，例如收音機，樂器或人聲傳送出的音樂。但是，在電影中，故事內的音樂時常也可以與影像非同時 (non-synchronous) 發生而成爲畫外音 (off screen)，這便是所謂的被置換的音效 (displaced diegetic sound)。我們可以從音樂與影像所呈現的故事時間來分析，若在故事發展的時序中，與影像配合的聲音是在較早的情節中發生的，這就是聲音的回溯 (sound flashback)，若與影像配合的聲音屬於故事發展的時序中較遲的情節，如即將出現的影像或發生的情節，有時則會產生音橋 (sound bridge) 的作用或者懸疑的效果。至於非故事中的音樂，包德威爾處理得十分簡單，只說明多數背景音樂屬於非故事音樂。當然，故事內的音樂與故事外的音樂有時無法完全清楚界分。原先屬於故事外的背景音樂，可能會在劇情發展一半時，轉化爲故事中的音樂，由劇情中的人物哼唱或演奏出來。

把影像與音樂以蒙太奇連接的方式組合起來，會使電影敍述方式的變數增加。不管是同時性或非同時性的音樂，畫內音或畫外音，故事內的音樂或故事外的音樂，都有影響情節發展和解釋情節的作用，例如，預示劇情的發展，凸顯角色情緒，加強懸疑危機的氣氛或舒解困境，呈現衝突或和諧的關係。重覆出現的音樂主題更可經營一貫的氣氛。音樂對於劇情，多半只具有依附、配合的從屬關係。同時，音樂的流動性時常使影像的銜接更爲順暢。但是，當片子中的音樂本身有其出處以及內在的結構，音樂與劇情間產生平行但不協調的距離時，影像敍述與音樂之間便超出了主從關係。音樂在電影中，像是文字相互引用 (intertextuality)，會發展出互相抗衡的辯證關係。電影敍述中有其依主題發展的內在邏輯，音樂在原來的作品中亦有樂念發展架構的內在邏輯，音樂本身的複音與對位關係更使其發展邏輯重出而交錯。

高達（Jean-Luc Godard）的「芳名卡門」（*Prénon Carmen*）一片是個好例子，可看出作者如何運用此一錯雜的邏輯來處理電影敍述的辯證性質。我認爲高達的電影中呈現影像的結構原則實際上是更類近於音樂的作曲原則，更具體的說，應該是現代複調音樂的作曲原則，而不側重文學的敍述原則。在這篇文章中我打算深入分析在「芳名卡門」中，高達在處理原來屬於文學作品的卡門故事時，如何藉著比才與貝多芬的音樂，甚至現代作曲原則，使電影媒體達到高度自覺而辯證的表達形式。我認爲，高達電影中意義含混的鏡頭與無秩序排列的片段和高達在片中選用的音樂與他處理音樂的方式有密切的關係，也就是說，音樂的複音、複調與對位特質，不同聲部的組合，樂念的發展，卡門歌劇中的片段，幾首貝多芬晚年弦樂四重奏之間的關係，都與高達這部片子中的敍述技巧、鏡頭畫面結構、場面調度與蒙太奇組合的原則有關。這部片子的主要結構原則便是：重要的訊息被擺在畫面或音軌的邊緣，甚至是劇情的邊緣，產生了音樂作曲中的複音、複調與對位效果。這種重心移轉增加了片子中所有訊息的不穩定性，但是也同時加強了所有構成元素的對等與辯證關係。

壹・高達的卡門

高達的電影一向十分具有爭議性，主要原因是他的電影中的敍述架構非常隱晦，他的觀眾時常批評他的電影「沒有劇情」，或是「故事中沒有一致性」（Simon 20）。觀眾在看高達的電影時，看到的時常是一連串不相關而無意義的片段湊在一塊，而連結這些片段的次序又看不出因果邏輯關係，「芳名卡門」即是如此。許多短暫的鏡頭間插在各個段落之中，似乎與劇情無關。但是，若我們仔細閱讀這些段落，便可以看出，實際上，這部片子主要有兩條敍述線。一條主要的發展線是一位名叫卡門的法國年輕女郎與一名警衛的故事。這一條故事線比較清楚，基本上與梅里美（Prosper Merrimé）的短篇故事〈卡門〉遙相呼應，演出一名善變、好欺騙的年輕女子在與同伴搶劫銀行時被年輕警衛荷西（Joseph）逮捕。荷西禁不住卡門美色的誘惑而放了她，甚至脫離職守跟她到海邊別墅，又到巴黎。後來，荷西不耐卡門的變心與冷落，央求她回心轉意，百般懇求威脅不成之後，終於舉槍射殺了她，自己也被警方逮捕。我們姑且稱這一條線爲「故事A」。這一條敍述線是十分典型的故事，取自於文學作品，有始有末，也有高潮。但是，在這一條線之間穿插的許多不相關的鏡頭，使這一條敍述線之外浮現了另一條敍述線，而這第二條敍述線卻是卡門與她的叔叔高達的製片過程。這一條後設電影（meta-movie）的發展線使第一條線的眞實性受到質疑。卡門與荷西的故事是他們要拍的電影，銀行搶劫似乎是假的，而「射擊」與「攝影」(shooting) 的雙關語使拍攝電影的嚴肅性發生模稜兩可之感。這個拍片過程，我們就稱它爲「故事B」。另外，與這兩條線都無直接關係的一些鏡頭反覆出現，如海水潮汐，夜間高速公路與火車的車燈川流不息，以及一個室內樂團排練貝多芬幾首弦樂四重奏的情形。這些插入的影像基本上是故事外的元素，但隨著劇情發展，又轉化爲故事內的元素，以平行排列穿插在故事中。爲了說明這些影像與故事的關係，我製作了一個圖表（表二），好讓讀者可以更清楚地了解這幾條敍述線與插入畫面之發展順序。故事A依其段落分別標爲A1～A6，故事B則爲B1～B4。

表　二

劇情發展	插入畫面
	1.夜間車輛 2.片名 3.海浪 4.對本片有貢獻之人名 5.四重奏
故事 B1：醫院 ・卡門來找高達談拍片之事 ・談成之後，卡門和朋友夏克離開醫院	<四重奏 <
	1.四重奏 2.夜間車輛駛往同一方向 3.火車交會
故事 A1：銀行 ・搶劫 ・激烈槍戰 ・卡門與荷西雙雙跌倒在地上，開始對彼此產生愛意	<四重奏 < <四重奏 <
	1.夜間車輛 2.海浪漲潮
故事 A2：海邊別墅 ・兩人做愛 ・交談 往後跳接 (flash forward) 故事 A3：法院 ・荷西受審 故事B 2：速食店 ・夏克與高達談拍片之事 兩線交會 故事 A4：速食店 ・卡門等待荷西	海浪交替出現

	列車交會
故事 A5: 巴黎旅館 ・卡門與夏克安排綁架某富翁	海浪退潮
兩線交會 ・卡門對荷西失去興趣	
故事 B3: 巴黎旅館 ・高達與夏克談拍片之事	列車分開
故事 A6: 餐廳 ・綁架	
兩線合一	
故事 B4: 餐廳 ・拍片	

貳・比才、貝多芬與高達的互文作用

若要解釋以上兩條敍述線及無數挿入畫面之間的排列關係，我們必須討論高達這部電影所引用的音樂 —— 比才的歌劇及貝多芬的弦樂四重奏，以及這幾種文本之間發生的互文作用（Intertextuality）。首先，我要談談這部電影與比才根據梅里美小說編寫的「卡門」歌劇中的音樂的關係。比才歌劇中的音樂在電影中出現的只有一首 Habanera，也就是著名的卡門出場音樂「愛情是一隻狂野叛逆的小鳥」（Love is a Rebellious Bird）。這曲調在片子中出現兩次，但只有二、三個小節而已，而且是由與主要劇情無關的過路人隨口哼出的調子。這個代表卡門個性特色的音樂主題在電影中被轉移到邊緣而不顯著的地位、被扭曲走音、被音軌（sound track）中其他人的正經談話掩蓋。這二、三小節的歌詞是:

愛情是一隻狂野的小鳥，無人能馴服……
愛情是一個吉普賽小子，從不遵守法律，
如果你不理會我，我便會愛上你，
但是如果你愛上了我，你就要小心了。

❖ ❖ ❖

Love is a wild bird that no one can tame……
Love is a gypsy chlid who never knew any law
If you spurn me then I'll love you,
But if you love me, then beware.

但這決定劇情的歌詞並沒有隨著音樂出現，反而是在卡門的口中，以帶有法語口音的英文說出，而且是在她與荷西爭吵時，引述美國百老匯劇情片的俗套:「如果你愛上了我，你就完了。」(If you love me, it's the end of you.) 卡門的故事雖然在片子中是透過間接的手法呈現，卻說出了高達對於人類命運與存在的看法。卡門的悲劇原本架構於個人自由與命運之間的衝突上，是悲慘卻無悔的。但是在高達的電影中，卡門的故事卻已變了調，通俗而商業化，毫無高貴的堅持。這也是高達在電影中所呈現的現代人處境。

比才歌劇中的主要角色除了卡門與荷西（Jose）外，還有一個米凱拉（Micaela)。這是梅里美原著中以一句話帶過的小人物。在比才的歌劇中荷西這位青梅竹馬的同鄉女子被描述爲金髮碧眼的天眞村姑，米凱拉的純眞與卡門的熱情是強烈的對比。高達的電影中保留了米凱拉的角色，卻很巧妙地將她轉化爲室內樂團內的中提琴手克蕾兒（Clair)。克蕾兒與荷西在電影中的關係只用十分隱晦的方式介紹。他們第一次同時出現時，在畫面右方，我們看到一個男子的左半邊背影，手中握著一朶白玫瑰,這朶白玫瑰是要給克蕾兒的。下一個鏡頭是荷西坐在車內,隔著模糊的車窗,我們只隱約看到他的側面。荷西當時還沒有正式出場,背影隔著玻璃的側面,都是背面鋪粉的間接處理,但是,荷西與克蕾兒的關係已經藉著這朶白玫瑰建立起來,而與後來卡門送他的紅玫瑰成一對比。Clair(明亮)的純潔與卡門的熱情是荷西感情抉擇的兩極。但是,克蕾兒與荷西和卡門的關係卻不僅這麼單純。這四重奏樂團是那群拍片的年輕人決定要安排入電影的配樂。因此,四重奏同時屬於故事A與故事B。若沒有荷西與克蕾兒的關係,四重奏排練的影像與音樂便完全屬於故事外的空間,與故事無關;而加上這層關係,這四重奏排練的影像與音樂便兼具故事內說明角色關係與故事外評論角色處境的作用。克蕾兒是四重奏中的中提琴手。隨著劇情的發展與四重奏的排練,我們看到這幾個提琴手恰好是電影卡門故事的主要組成元素:第一小提琴手同時兼指揮,他會糾正其他提琴手的錯誤,提醒速度的快慢與感情的強弱。他是指揮,也影射電影導演。第二小提琴手演奏的是男高音,代表電影中的荷西,因為歌劇中荷西的音色是男高音。中提琴手代表卡門,因為歌劇中的卡門是女中音。此處克蕾兒與卡門成為一體之兩面,克蕾兒是卡門的對比,卻又彈奏屬於卡門的音樂,決定卡門的命運。而大提琴則代表命運,彈奏重覆出現的頑固低音命運主題(ostinato)。貝多芬的弦樂四重奏成為電影導演直接對觀眾說明劇情的旁白。

電影敍述中以蒙太奇插入四重奏排練的畫面結構本身,便具有高度隱喻作用,加強導演利用音樂決定角色命運的處理。電影敍述劇情發展到卡門與荷西的衝突或愛情場面時,觀眾看到的畫面是中提琴手與第二小提琴手面對面專注地彈奏。當劇情發展到荷西已漸漸陷入命運的羅網中時,畫面上呈現的構圖是:第二小提琴手坐在左手邊,右邊前景是第一小提琴手的背影。右邊背景是大提琴手的正面(圖1)。這個畫面不落言詮的訊息是:荷西的故事被指揮/導演與大提琴/命運所操縱。

當命運的力量逐漸擴大，反覆凸顯時，畫面上我們看到第二小提琴手面對鏡頭坐在背景，而前景則被大提琴手握著琴弓反覆上下的手所遮蓋。這個手臂上下規律的動作造成了畫面上特異的韻律感。更特別的是，這隻手臂的背影抬起時，占去了整個畫面三分之二的空間，荷西年輕的面孔整個被擋住（圖2）。命運的跋扈無情在畫面上這隻沈默的手臂與被擋住的年輕面孔中以近乎暴力的方式表達出來。

貝多芬弦樂四重奏的音樂在劇情發展中以蒙太奇跳接方式反覆出現。有的時候，畫面上挿入這四個人演奏的情景，音樂亦同時出現；有的時候，畫面上是卡門與荷西的故事，弦樂四重奏則以背景音樂出現；有的時候，這音樂完全取代了畫面中的聲音；而有的時候，畫面上是四重奏樂團的演奏，我們聽到的卻是人聲、車聲或浪潮聲。電影中從頭到尾所用的都是貝多芬的弦樂四重奏（計有第9、10、14、15與第16號），由於這些音樂的挿入時常很突兀，而且是從樂句中間出現，再加上畫外音與畫內音的多重轉換，觀眾的感覺是雖然音樂的出現配合劇情的發展，但電影敍述與音樂仍是平行發展而各自延續的。也就是說，故事與音樂的各自發展中各有各的延續邏輯。卡門的故事有既定的起承轉合，貝多芬的弦樂四重奏每首也自有其樂念發展延續的起承轉合，和敍述邏輯一樣。在故事進行之同時，貝多芬的音樂也在畫面外進行。

叁・命運主題的重現

卡門歌劇中故事發展的邏輯是建立在自由與命運之間的衝突上，也就是比才歌劇「鬥牛士」(Toreador) 主題與命運主題的交錯。卡門的故事一旦開始，就有其必然的發展與結局。電影中命運的概念更強，電影中，卡門問荷西：「名字之前是什麼？」(What comes before the name?) 荷西回答：「The first name.」卡門又問，「What comes

圖 1: 第二小提琴手坐在左手邊，右邊前景是第一小提琴手的背影。右邊背景是大提琴手的正面。

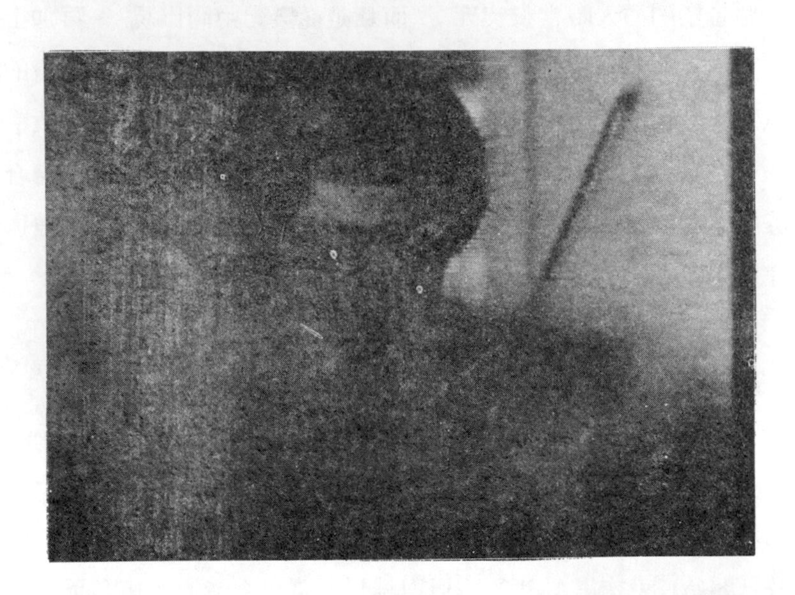

圖 2: 大提琴手的手臂抬起時，占去了整個畫面三分之二的空間，荷西年輕的面孔整個被擋住。在畫面上這隻沈默的手臂與被擋住的年輕面孔中，我們看到命運的跋扈無情以近乎暴力的方式表達出來。

before you're named?」荷西無言以對。被命名，便是被賦予一個被界定的身分。「First Name Carmen」並不是答案，命運才是答案。卡門一旦被命名卡門，便必須完成卡門的命運。卡門曾說:「我們並不是自己的主宰。已被決定的事，一定得發生，所以，就讓它發生吧。」這句話中「被決定的事」可以指被神與命運所決定的人生，也可以指被作家或導演所決定的劇情。高達電影中文本內的文本，也就是梅里美的故事、比才的歌劇、貝多芬的弦樂四重奏與高達電影之間的互文作用使得電影中卡門與荷西被決定的意味更強。而且，很明顯的，卡門與荷西的故事是高達與卡門合作拍攝的電影，他們決定場地、決定音樂。更有意思的是，這一切也是高達拍的電影。有一景開始前高達面對鏡頭說:「Scene 17, take 6」之後，他才開始和那群卡門的朋友談拍片的問題。其中，一層敍述決定另一層敍述。高達決定劇中全部，劇中拍片的年輕人決定卡門的故事。一旦被寫成，就得照本宣科，演完自己的角色。

劇情正式開始，卡門與荷西初遇時，音樂是貝多芬弦樂四重奏中第十號(op.74)第一樂章自由的快板 (Allegro)。劇情發展到二分之一時，卡門與荷西的關係逐漸陷入膠著狀態，四人樂團演奏的是貝多芬弦樂四重奏第十號第二樂章的慢板 (Adagio)。這一章的音樂沈重而充滿焦慮。中提琴手克蕾兒說:「命運，施展你的威力吧!」「只要去做、去演，不要問任何問題。」此處，弦樂四重奏很明顯的超越了襯托劇情的功用，而成爲支配決定劇情的平行力量。當劇情發展到「悲劇高潮」時，貝多芬弦樂四重奏第十六首 (op. 135) 中命運主題「非如此不可嗎?」「非如此不可!」(“Must it be?” “It must be!”) 在低音與高音弦樂聲部間應和。畫面上，我們看到卡門與荷西的面部特寫跳接，沒有對話，可是，音樂已替他們說出了應該進行的結局。卡門被荷西射殺後，音樂發展到明亮輕快的快板之後結束。我再以下表 (表三) 摘要顯示這種劇情與音樂的關係:

表 三

劇　　情	音　　樂
故事B 1：醫院	貝多芬弦樂四重奏
・卡門來找高達談拍片之事	第九號第二樂章（慢板）
・談成之後，卡門和朋友夏克離開醫院	第九號第四樂章（快板）
故事A 1：銀行	
・搶劫	第十號第一樂章
・激烈槍戰	第二主題（快板）
・卡門與荷西雙雙跌倒在地上，開始對彼此產生愛意	第十號第二樂章（慢板）
故事A 2：海邊別墅	
・兩人做愛	第十四號第六樂章
・交談	和諧
往後跳接（flash forward）	第十五號第三樂章（慢快慢）
故事A 3：法院	
・荷西受審	
故事B 2：速食店	
・夏克與高達談拍片之事	
兩線交會	
故事A 4：速食店	
・卡門等待荷西	
故事A 5：巴黎旅館	
・卡門與夏克安排綁架某富翁	
兩線交會	
・卡門對荷西失去興趣	
故事B 3：巴黎旅館	
・夏克、卡門與高達談拍片之事	
故事A 6：餐廳	
・綁架	第十六號第三、四樂章
兩線合一	
故事B 4：餐廳	
・拍片	

貝多芬音樂中表達的是作曲者與命運的抗爭，化解衝突，最後肯定坦然地接受命運。從第十號到第十六號，這種個人與命運的衝突、掙扎都十分明顯。高達不選一首曲子，而選貝多芬晚年的一系列作品，因爲貝多芬生命中的這一個階段呈現了一致的主題，這幾首曲子合起來是一件作品。另外，貝多芬晚年的弦樂四重奏發展出音樂內矛盾、對立與不協調的特質，四把提琴之間的關係常是獨立而各自發展的，相互之間又存在著對位的張力或和諧的相互依存，再加上奏鳴曲式中對立主題交替出現的方式，例如貝多芬酷愛的自由與命運主題的互動，都可在電影中幾個主要角色與情節發展中看到。但是貝多芬以堅強的意志力解決衝突、接納命運的化解方式，卻使貝多芬音樂發展的邏輯與卡門劇情發展的邏輯在結局時岔開了。因爲在歌劇中，卡門與荷西最後接受了命運的安排，他們的結局是十分悲劇性的。但在電影中，貝多芬的音樂對命運的化解方式卻敷設了電影結束中的明快氣氛，化解了悲劇性，而使得卡門與荷西的悲劇益顯荒謬。

高達在他的片子中也充分運用音樂中母題重現的技巧。「芳名卡門」中，除了敍述線的發展之外，高達以蒙太奇穿揷了許多片段，如四重奏的演練便是其一，另外還有海邊浪潮起落與夜間車輛行駛的景象。這些片段前後分別出現了七、八次，或長或短，除了具有如標點符號區分段落的作用之外，更重要的是它們還有命運主題的隱喩與音樂性母題再現的作用。夜間川流不息的車輛或擦身而過的列車隱指人們盲目而無法選擇地駛向既定的目的地，交會後分手，不了解原因，也無法改變方向。海浪起落亦暗指人們重覆的命運——命運像潮水，將人們帶向岸邊後又撤回。荷西曾對克蕾兒說，他被卡門吸引，像是潮水湧向岸邊一般，無法自拔、無法抗拒。夜間車輛與海浪起落在片中反覆出現，就像比才「卡門」歌劇或弦樂四重奏中命運主題的不斷重現一樣。歌劇中卡門出場前，卡門採花扔向荷西時、卡門被荷西領入監獄門中時，序曲中的命運主題都以變奏方式浮現。雖然只有一個樂句，或幾個和弦，卻可讓聽眾感受到命運鉗制人的力量。四重奏中，大提琴拉出的命運主題也隨時在低音部浮現。這些流動而簡短的樂句就像是意識層深處意念般不斷的自由浮現，高達在電影中插入這些片段，就是在製造這種效果。

肆·複音、複調與對位

音樂中的對位法是一種組織結合音樂中不同元素的原則。西方近代音樂基本上是複音（polyphonic）的，許多個音同時呈現、同時進行，對位法則是將兩條以上（最多可達八條）獨立發展的旋律線組合起來的基本法則。弦樂四重奏中四支樂器可以各自彈奏自己的旋律，也可與其他的樂器合奏。前文曾經談到片中第二小提琴手代表荷西，中提琴手代表卡門，大提琴手代表命運，第一小提琴手代表導演。這四個元素各自獨立，卻又不得不結合在一首曲子中，根據基本主題而發展變化。二十世紀的音樂從複音中還發展出多調式（polytonic）音樂，使不同樂器與旋律的獨立性更強，其效果是使各種音以不和諧的對位方式並置，且同時獨立發展更不相統屬的旋律。

這種不和諧的對位效果在「芳名卡門」中有一景以換喻（metonymy）的方式呈現。畫面中高達手中抱著一架錄音機，一邊放錄音機中的音樂，一邊和他姪女卡門談製片的問題。錄音機中傳出的聲音有三個不同的來源：廚房中處理食物的金屬撞擊聲、飛機與炮轟的聲音，以及鋼琴彈出單音的簡單旋律。高達有時讓這三個聲音分別依序出現，有時則同時放出兩種或三種聲音，再加上錄音機外他和姪女的談話，一個畫面乃湊合了四種聲音，互不相關。廚房中的刀叉聲代表食物、生存、日常瑣事；飛機砲彈聲代表戰爭、毀滅、死亡；而鋼琴則代表藝術活動。這三種聲音代表人類活動的不同層面，卻都囊括在高達這個導演的機器中，與談論製片的人聲並置。高達／導演／神用他的機器錄製了人的活動，也安排人的活動。

這種不和諧的多調式效果正是高達組合聲音、敍述線與構成畫面的原則。高達以聲音蒙太奇使畫面外的聲音與和故事毫無關係的畫面結合，例如海潮的畫面與都市中人聲並置、兩人交談的畫面與火車行駛聲並置。高達這種多調性對位原則亦擴展到並置數條敍述線的方式。「芳名卡門」中卡門與荷西的故事是一條敍述線（故事A），也可說是一個旋律，有其獨立發展的內在邏輯。片中另一條敍述線則是卡門與荷西的製片過程，這也是一個獨立發展的旋律（故事B）。另外貝多芬的四重奏音樂本身又是一條獨立發展的敍述線。海水潮汐與車輛往來也各有各的發展。高達以蒙太奇跳接這些場景，甚至在同一畫面中，並置不同敍述線中的人物，或不同時發生的音效，將兩條線以對位方式結合。例如在巴黎旅館中一景，高達、夏克與卡門在談拍片之事，而荷西走進房間，拍片的討論便中止，而轉換到卡門與荷西的故事。故事A與故事B兩條線交替出現，甚至匯聚爲一，就如同奏鳴曲式中第一主題與第二主題之交替、發展一般。另外，在餐廳中，高達拍片的人與綁架的人在同地點出現，也是一例。

這種不和諧的複調對位效果也是高達處理畫面的特點。有一景中，卡門的車停在醫院前，她下了車預備進醫院找高達。同一畫面中一個瘋子圍繞著車子跑，一名護士跟著他跑，瘋子口中大聲喊叫：「爲了要消滅無知與犯罪，我一定得像暴風般震怒、四處任意播散罪惡的種子嗎？現在該是藉著瘋狂來看待所有事物的背面意義的時候了。」護士不斷安慰他：「我們會寫信給你。」這個畫面是典型的高達式畫面（圖3），其中有兩個特色：一是兩對不相關的人物，或是兩條不相關的發展線同時呈現，甚至連瘋子與護士之間的對話也了無交集，似乎各說各話，毫無和諧對應關係；二是畫面中央爲主要劇情中的人物，邊緣是無關的人物，但是，邊緣的分量卻大過中央的訊息。看似瘋癲的話卻是高達眞正的意圖。以瘋癲的方式來看事物的背面能揭露更多的眞理。另外一個畫面中，正面對著鏡頭的是一張護士的臉孔，從畫面右方移向左邊的是一個男人的側面的一半。男子說:「當糞便開始值錢時，窮人連生產糞便的工具都會沒有了。」護士沒聽淸楚，男子重覆了一次，護士笑逐顏開地回答:「好啊，我們會寫信給你。」就好像那男子說的是:「我走了，記得寫信呀!」這種各說各話當然是高達的特色，但這男子所說的卻是高達一向表露的馬克思式社會批判觀點。

圖 3: 高達式畫面的兩個特色:一是兩對不相關的人物，或是兩條不相關的發展線同時呈現;第二則是畫面中央爲主要劇情中的人物，邊緣是無關的人物，但是，邊緣的分量卻大過中央的訊息。

伍・結　論

依此看來，劇情核心的卡門的故事雖然重要，顯示出了人的命運早被注定的處境，但邊緣性的剪接畫面也重要，因爲其中散置了高達對電影製作的看法與對社會制度的批評。這些不同主題就像是以對位的辯證關係存在的複音音樂，或多調式音樂，雖然有時不和諧，但在每條線獨自發展與並置之間，會激盪出更多的辯證張力與意義。

在一次訪問中，高達曾說:「我不知道如何說故事。我要涵蓋全部，從所有可能的角度探討，同時說出所有的事。」(Giannetti 19)他也曾說過，電影應該像人生一樣，「是一個由片段組成的世界。」(Giannetti 19) 高達在企圖展現人生眞相時，他所用的方式是非線性的串連，把許多不相關的片段拼貼起來。在談論他自己的電影「女人就是女人」(*A Woman Is A Woman*) 時，高達說:「我要它呈現矛盾，並置種種不相關的事物，它同時可以又是愉悅又是悲傷。我要這兩者同時存在。」(Mussmen 84)

在深入分析「芳名卡門」中表面上不相關的畫面構成與情節串連方式，我發現高達這部電影中充分顯示形式與內容的密切關係，而他的形式結構又十分嚴謹。藉著現代音樂的複調作曲原則，高達辯證地展現了他說故事的方式、聲音與畫面的蒙太奇，以及畫面核心邊緣置換的構圖。因此，談到高達隱晦的敍述架構、故事外的音樂與荒誕的畫面構成時，梅茲的敍述理論是不夠的，我們不能不借助現代音樂複調作曲原則。複調作曲原則使得高達自由地賦予電影中各元素對等的分量與其間的辯證關係，正是在各種異質文本的邏輯獨立發展而相互干預時，電影本身自我指涉與評論的論述距離更顯清楚，各層符號系統之意義亦因相互並置下的不穩定指涉狀態而激盪出更廣泛而流動的意義空間。

本文曾於一九九〇年中國大陸舉辦的第三屆中國比較文學會議（貴州）提報，並刊登於《中外文學》十九卷五期，4～22 頁。

浪漫歌劇中文字與音樂的對抗、並置與擬諷

壹・歌劇中多重論述層次的辯證張力

> 韻腳被破壞，句子被粉碎、切割、斷裂為分散的音節，或短或長的音樂噪音！他們還稱之為「樂句」，這些偉大的音樂家！誰還能聽得出這些文字裏的任何意義？
>
> ——理查史特勞斯「綺想曲」

這是理查史特勞斯（Richard Strauss）的最後一部歌劇「綺想曲」(*Capriccio*）中的詩人奧立佛（Olivier）所說的話。他抱怨詩句被譜成歌曲後，沒人聽得懂詩句中的意思❶。「綺想曲」是理查史特勞斯生前最後一部歌劇，也是歌劇史中最具有「後設歌劇」性質的作品之一❷。這部作品中，詩人奧立佛與音樂家傅萊門（Flamand）同時追求一位年輕的女伯爵，一個以情詩大獻殷勤，另一個以音樂打動佳人芳心。他們兩人的競爭正是文字與音樂的競爭。詩人不願意讓音樂家把他寫的情詩譜成曲子，他害怕音樂會使他的詩句「扭曲變形」(zerstört)，會「淹沒」（übergossen）詩句（第五景）。他認爲音樂只會「取悅人的耳朵」（第六景）。在第九景的一場辯論當中，詩人與音樂家針鋒相對，互相批評對方的藝術。詩人說，「音樂是節拍的奴隸」，只有詩人才是自由的，文字的形式與內容毫無藩籬；可是音樂家反唇相譏，指出詩

句更受格律限制。音樂富含意義，可以帶領「人們到最高的境界，人類思考無法侵入的境界」。詩人不甘示弱，嘲笑音樂過於抽象，無法像語言般表達人們的想法。音樂家則說，人的意念「以旋律的方式形成」，這些意念是無法表達的。「在一組和弦中，你便可以感受整個世界。痛苦的吶喊是在文字之先」。詩人卻進一步反擊說，語言是一切藝術的起源，只有語言才能明確界定人類的痛苦，也只有在文字之中，悲劇才尋得形式。

「綺想曲」第九景中詩人與音樂家的對話，充分展露文字與音樂之不同性質與對立性。音樂與文字之間的緊張對立關係，自古以來便一直存在。希臘文「musiké」兼含音樂與文字，因爲當時音樂是根據希臘文字不變的長度與音高而產生的 (Neubauer 22)。音樂如何能獨立於文字之外，音樂與文字孰優孰劣，則是歷來談論音樂的重要話題。在由柏拉圖開始的西方傳統中，文字顯然具有道德上之優越性，柏拉圖認爲文字能帶來秩序，而音樂則「被狂熱而瀆神的享樂慾望所控制」，「忽略理智，訴諸較低的情感」(Law 700d, 798d)。聖奧古斯丁認爲音樂具有挑逗性，會帶來「危險的快感」，因此教堂中最好不要有聖歌，或者聖詩演唱最好不要有明顯的旋律，唱起來最好像是吟誦的，只有在對付文字無法說服的「薄弱心智」時可用聖歌（《懺悔錄》10.33, qtd in Neubauer 24）。喀爾文教會甚至警告信徒不要受到音樂影響，而放縱自己於無尺度的音樂中，失去了男子氣概（effeminate, Strunk 346-347, qtd in Neubauer 25)。

歌劇結合文字與音樂，自然必須面對這種不平衡的對立狀態。「綺想曲」中的女伯爵說：「我們的語言是否永遠都承載著歌曲，或者是音樂在文字中尋得生命？此二者彼此牽絆，彼此需要。在音樂中，情感渴求語言；而文字中又律動著對音樂與聲音的熱望。」(第六景) 在歌劇中，這種相互依靠可以獲得解決。女伯爵說，文字能打動她的心，可是卻沒有完全說出「隱藏其中的深層意義」(第五景)。而且文字有一種被大地重力所吸引（文字被稱爲「das trockene Wort」）的傾向，只有藉音樂才能被提昇到新的層次（第七景）。女伯爵此處所說的文字的限制便是文字符號指涉過程的限制；所有隱藏的、暗喻的、情緒性的、感情式的，或潛意識中活動的意念，在符號之字面意義中都看不出來。一個符號對應特定的所指意涵，這便是文字的「重力吸引」的性質。但是音樂所具有的不定性卻能把情感與意識帶離那種重力，而引出不定性與多層次的色調。

理查史特勞斯與譜曲者克勞斯(Clement Krauss)把文字與音樂的對立融於歌劇舞臺上，並把詩人與音樂家在第九景的辯論以賦格曲式呈現。當詩人與音樂家的辯論進入第二階段，而以變奏的方式改變曲調時，低音大提琴開始加入主旋律部分，漸漸的，雙簧管、法國號、長笛、小喇叭也先後加入，進而整個管弦樂團占據了背景，以各種方式反覆詩人與音樂家所引進的辯論旋律。理查史特勞斯很有技巧的使詩人與音樂家共用同一旋律，當人聲以自由形式發展時，管弦樂團中器樂部分或以主旋律，或以對位方式反覆重述他們的論點，像是音樂的內在評論，而不同器樂的重覆使得這論點變成問句——音樂中反身指涉的內在問句。在歌劇中，文字與音樂已不是孰先孰後的關係，而是以競爭的張力共存，與歌劇中其他同時進行的元素一起編織出複雜的網路。而歌劇中論述層次的辯證，也不僅存在於文字與音樂之間，而存在於所有元素組成的多重論述層次之間。「綺想曲」中的導演荷許(La Roche)說：「詩歌、繪畫、雕塑、音樂都是劇場的僕人；如果沒有演員演出，你的文字或是你的音樂會在那裡呢？如果沒有演員的演技，他神奇的性格，他的戲服，你們又會在那裡呢？」(第九景)正如荷許所說，歌劇中文字、繪畫、雕塑、音樂、演員，甚至舞蹈，都是必要的元素，所有元素共同構織成多重交錯並行的網路，就連音樂部分本身都含有多重論述層次，彼此呼應、抗衡、對立、消滅或增強。

歌劇中這種多重論述層次的性質是近年來許多音樂理論批評者感興趣的論題❸。林頓柏格（Herbert Lindenberger, 1984）談論歌劇的再現形式（representation）時，便深入分析歌劇論述的多重性（the multiplicity of operatic discourses, Lindenberger 82-89)。除了文字與音樂之間的對立性之外，口語對話與樂團背景的對襯，宣敍調與詠歎調之間的差異，由豎琴或由管弦樂團伴奏的不同宣敍調，或詠歎調本身由曲式帶出的快板與慢板之間情感的轉變，甚至歌劇作品中引用其他音樂作品中的片段，或其他時期音樂風格之介入，就像是文字作品的引文與典故造成的互文效果（intertextuality）一般，都會形成不同論述模式並置或轉換時的張力。克拉摩（Lawrence Kramer, 1990）則更詳細討論文化的多層向度，而區分音樂中文字（textual）、引文（citational）與結構（Structural）三個層面的論述意義（discursive meanings, Kramer 9-14)。凡是譜爲音樂的文字，音樂的標題，附在總譜上的詩文、注腳，甚至感情記號，都會使文字層面增加詮釋的空間。而若標題指涉其他文學作品，視覺意象、地點、歷史時間，或是音樂本身用了其他音樂作品的典故、其他時期或作曲家的風格，無論是否具有擬諷（parody）成分，都會形成引文層面的詮釋深度。至於音樂結構則更複雜，音樂結構體現於音樂的風格與修辭，而構築於文化場（cultural field）中。文字、引文與結構三個層次與文化場中其他論述系統互動交集，對話、批評或擬諷，而音樂的論述意義便在這複雜的交織互動過程中產生。在歌劇多重構織的網路之中，如果我們再注意有關文字與音樂之間的辯證張力，我們會看到歌劇以自覺的方式反身指涉，而且，透過這種反身指涉，歌劇作曲家與作詞者批判自身所屬的文化，以及質疑歌劇形式本身的傳統。林頓柏格在討論歌劇的自我定義（self-definition）時，指出「歌劇作品時常以引用典故或製造擬諷的方式指涉歌劇史的傳統。無論是文學、藝術，或是音樂，擬諷的處理同時強調傳統的延續，也貶抑此傳統中早期的作品」(102)。音樂中的互文、典故與引文，便會造成因二種文本之間的差異而產生的張力與自覺。阿貝蒂 (Carolyn Abbate, 1991) 討論歌劇中各種聲音多重觀點的並存時，也指出在歌劇中「我們聽到各聲部的聲音，女高音、男高音、男低音，與樂器的聲音，小提琴、法國號等等，分散的主體分別被這些不可見的軀體所承載」(14)，而不同聲音造成之「論述距離」(discursive distance, Abbate 28) 便時常造成歌劇反身指涉的效果。

在以下的部分，我要討論幾部歌劇作品中文字與音樂的對抗，以及透過這種對抗，歌劇作品呈現異質模式的並置與多重論述層次的同時進行。我的論述重點是浪漫時期的歌劇，以十九世紀白遼士 (Hector Berlioz) 的「特洛伊人」(*Les Troyens*)、比才 (Bizet) 的「卡門」(*Carmen*)，與威爾第的「奧塞羅」(*Otello*) 爲例，但是，我也選了十七世紀蒙臺維地 (Monteverdi) 的「奧菲爾」(*Orfeo*)、十八世紀葛路克 (Gluck) 的「奧菲爾」(*Orfeo ed Euridice*)，與二十世紀理查史特勞斯的「那克蘇的阿莉艾蒂妮」(*Ariadne auf Naxos*) 來作對照。我認爲，這些作品中文字與音樂兩種符號系統之對抗，異質模式的並置，以及多重論述的交織，是歌劇作曲家與作詞者批判文化的方式。他們利用這些多重論述的並行，構織出與當時或前期文化的互文以及擬諷。這種論述距離與反身指涉便是藝術家自我界定的原動力，也使得他們得以透過獨特的立論點，展現桀驁不馴的藝術才能。

貳·古典音樂奧菲爾的自我定義

奧菲爾是奧維德 (Ovid) 的「變形記」(*Metamorphosis*) 中描述的音樂家，他的音樂可以動天地、泣鬼神，甚至可以使他不受阻撓地長驅直入地府，把他已死的新婚夫人尤莉蒂姬（Eurdice）帶回人世。奥非爾唯一必須遵守的是：在回到人間之前，他不准回頭看尤莉蒂姬。這部歌劇中，尤莉蒂姬的死亡是由使者的口訊帶來的，使者所宣布的消息代表文字，代表已寫定的命運，代表死亡。使者說：「我帶來的話語（words），會刺痛奥非爾的心。」但是奥非爾要以他飛揚的音樂抗拒命運，戰勝死亡，改變已寫定的文字。他相信：「地獄之神禁止的，愛情可以扭轉。」他的確成功了，可是他對音樂的信心不夠，無法信任他沒有親眼看到的景象：「當我在唱歌時，誰能保證她跟隨在我身後？」當然，他因爲回首確認尤莉蒂姬的跟隨，而再度失去了她。歌劇中的合唱團唱道：「奥非爾戰勝了命運，卻又被自己的感情打敗。」當奥非爾的悲傷激怒酒神的追隨者而被分屍後，太陽神阿波羅出現，教訓奥非爾太過放縱自己的喜怒哀樂，受制於自己的感情。最後，阿波羅帶著奥非爾邊唱邊飛昇到星空。合唱團說奥非爾到達了沒有悲傷、痛苦，沒有過度感情的境界，享受永遠的平靜與快樂❹。蒙臺維地的「奥非爾」是由繆思女神開場的，整個故事也是由繆思女神所唱的觀點敍述出來的。蒙臺維地說：「語言是音樂和諧的主宰者。」(Lindenberger 109) 對蒙臺維地來說，音樂應有文字與理性的節制，才能達到和諧。過度的情感是不恰當的。因此，奥非爾從理智的化身太陽神學習到的是節制與秩序的音樂。

葛路克❺的「奥非爾」採取愛神（Amor）的角度敍述故事。蒙臺維地的地獄之神並沒有解釋「不許回頭看」這道戒令的理由，但是葛路克的愛神卻對奥非爾說明在情人面前，人們既迷惑又顫抖，時常形同盲人，也無法講出話來（第一幕）。葛路克的奥非爾堅守理智的判斷，不肯回頭看尤莉蒂姬，倒是尤莉蒂姬苦苦哀求奥非爾回頭看她：「不肯擁抱我？不肯說話？至少看看我！告訴我，我是否還一如往昔般的美麗？看看我，我雙頰的光澤是否已經褪色？」（第三幕第一景）抽象的音樂對她來說不夠，她要更具體的證明，她要奥非爾撫摸她，對她說話，她要看到他。葛路克這部歌劇的結局是喜劇,愛神出面使兩人得以重返人間。葛路克說:「音樂從屬於詩。」(Lindenberger 109)但蒙臺維地與葛路克對語言與音樂的詮釋又不盡相同。對葛路克來說,只有音樂還不足以表達一切,尤莉蒂姬的要求與愛神的鼓勵同樣十分重要,只有感情才能賦予音樂生命。葛路克的音樂雖然同樣具有古典的簡約單純,排斥過多的裝飾。但是,與蒙臺維地的音樂比較起來,葛路克的音樂顯得非常具有情感色彩,強調節奏與高低音的對立效果,例如地獄中群鬼合唱一景,低音大提琴誇張沈重的節拍與緊湊的旋律,就音樂的量感與肌理的層次來說,都是蒙臺維地地獄群鬼音樂的數倍放大。

蒙臺維地以理性來節制音樂,葛路克以情感來輔助音樂,這兩人對「奧菲爾」的不同詮釋,對音樂的不同處理,正好反映出十七世紀理性時代與十八世紀感性時代的差異。雖然如此,兩人處理悲劇故事的方式都保留節制的古典色彩,尤其是結局中問題完滿解決的方式,與十九世紀浪漫歌劇大爲不同。

叁·浪漫音樂兩極模式的並置與擬諷

I.「特洛伊人」的兩極並置

以法國十九世紀白遼士的正歌劇「特洛伊人」與比才的喜歌劇「卡門」並列,我們立即可看出十九世紀音樂中不同論述層次並置與轉換產生的張力,對悲劇不同的處理,以及透過文字與音樂之抗衡對音樂形式所作的自我評論。以「特洛伊人」第一幕爲例,白遼士充分展現了浪漫歌劇兩種對立模式並置的典型❻。第一幕以合唱隊與克羅巴(Coroebus)所唱的勝利之歌開場,合唱隊與管弦樂團氣勢磅礴、節奏雄偉而有規律,震耳喧天的銅管樂器與鑼鈸之聲使得全曲帶有強烈的金屬感。眾人盲目地全心相信希臘軍隊獻上的木馬是求降的貢禮，他們高興的描繪戰爭停止後的和平氣氛。但是緊跟著第一首的大合唱之後的是卡珊卓 (Cassandra) 的獨唱宣敍調，中間以微弱的長笛一線相連。卡珊卓痛苦地唱出她所見到的死亡景象。她看見特洛伊城的毀滅、崩垮、瓦解，人們尖叫哀號、血流成河，婦女慘遭蹂躪，卡珊卓看到的是寫在〈命運之書〉(livre du destin) 的景象。這些一連串在空間中分隔的死亡意象，被卡珊卓以不規律、時高時低，如同獨白的混亂音樂帶出。合唱與獨唱一前一後，造成旋律、節奏、音量上的巨大差異，聽眾瞬間從喜悅、規律、歌舞昇平的眾人觀點被拉入痛苦、慌亂、踽踽獨行的個人觀點。克羅巴與卡珊卓的二重唱更凸顯這兩種模式的差異。克羅巴要求卡珊卓「回到她的理智，停止她的害怕，放棄她的預言，看看晴朗的天空，充滿信心」。他的音樂與第一首的大合唱一樣，清澈、明亮、節奏規律而有節制，旋律弧度明顯，流暢而優美，是古典理性的聲音。但是卡珊卓的音樂在克羅巴的樂句中斷處插入，激切、不安，低音大提琴伴隨著拉出不規則的節奏。第一幕快結束時，群眾熱烈地歡迎木馬進城，卡珊卓單獨的聲音再度與眾人的進行曲讚美歌聲並置，而被遮蔽、淹沒。

這種群眾對個人，盲目信念對穿透性的洞視，喜悅的高原對痛苦的深淵，流暢華麗而規律的音樂對乾澀、旋律不明顯、時高時低的音樂，是一種古典到浪漫的轉換。這種轉換類似於華格納談論管弦樂中突然插入人聲對話所造成的突兀與驚愕：「這種介入使聽眾從一世界突然縱身躍入另一世界，此處的崇高感（sublimity）存在於短暫地洞見這兩種世界截然不同的本質，一個是理想，另一個是現實。」❼或者，更貼近的說法是雨果在《克倫威爾》(*Cromwell*) 序言中的描述：「醜陋與美麗並列，不成形狀的與格式優雅並列，怪誕與崇高並列，邪惡與善良，黑暗與光明。」華格納與雨果談論不同的問題，卻異曲同工地使用與白遼士類似的修辭，正顯示出浪漫時期藝術家喜好兩極並置而製造強烈對比的傾向。康拉特 (Peter Conrad, 1977) 在談論浪漫歌劇與文學的關係時便指出，浪漫詩人、藝術家或音樂家這種「尋求與自己截然不同的對立狀態，是一種透過自我矛盾而追求自由的本能」(32)。科爾門 (Joseph Kermen) 也指出，浪漫時期的音樂家特別在乎內在形式 (inner form) 與外在形式 (outer form) 的差異；傳統固定不變的外在音樂形式，如迴旋曲、奏鳴曲，時常被音樂家利用作爲掩飾，而來表達與形式本身完全不同的情感 (244-245)。阿貝蒂也認爲，十九世紀歌劇的劇情與音樂時有明顯雙重結構：「兩種對立的音樂投射內含對立性質的情節。」(Abbate 120)

Ⅱ.「卡門」的雙重形式

這種雙重形式、雙重投射 (double projection)，可以說是文字與音樂的衝突。卡珊卓的宣敍調，她所看到的〈命運之書〉中分割斷裂的死亡景象，一直與眾人飛揚的喜悅與信心拉扯，要打斷他們流暢的旋律。在比才的「卡門」中，我們同樣看到以雙重形式的並置來凸顯文字與音樂的衝突。此處，文字與音樂之對立性被借用來呈現卡門所面對的命運與自由的兩種拉扯力量❽。「卡門」的序曲介紹了三段音樂：西班牙民俗風、鬥牛士之歌與命運主題。第一曲敷設出西班牙熱情而兼吉普賽風情的地域色彩。第二首鬥牛士之歌活潑明亮，取材於西班牙的舞曲，點出了自由主題。第三首命運主題旋律低沈凝重，有如說話的平板腔調，時常以頑固的低音主題重現。卡門代表愛情的本質，正如她的出場歌「Habanera」的歌詞所說，自由狂野、變動不居，有如吉普賽女郎，或是叛逆小鳥，沒人能捕捉她、馴服她、限制她。當卡門傷了人，闖了禍，被荷西帶到駐軍軍官蘇尼加 (Zuniga) 面前，蘇尼加以不配合音樂的純粹講話方式質問卡門，並說要把卡門關進監獄中，但卡門的回答是幾個簡單音符湊合起來的舞曲調子，她甚至不用文字回答，只用「特啦啦啦啦」(Tra la la la la……)來回辯（第一幕第八景，Chanson et Melodrame)。在監獄中，卡門再度用舞曲邊唱邊舞，挑逗荷西。荷西警告卡門不要講話，卡門唱著說她「沒有說話，只是一個人在想事情，沒人能限制她該想什麼」(第一幕第九景，Chanson「Segaedille」et Duo)。第二幕中，荷西離開軍營與卡門幽會，晚點名的軍號響起時，卡門以對位配著軍號起舞，同時以擬諷方式徹底瓦解了軍號所代表的規律與秩序的音樂。就像理查史特勞斯「綺想曲」中伯爵所說，「舞蹈能克服重力吸引，軀體在音樂的配合下，似乎可在空中飄浮，就像是我們的思想，可以把心靈自軀體中解放，提昇到最高的境界」(第九景)。卡門的音樂與舞蹈是她爭取自由的象徵，她絕對不願意被限制或囚禁。一而再，再而三，卡門軀體的舞動，音符的跳躍，舞曲有力的節奏，使她掙脫了空間的捆綁。卡門在第二幕開始時的吉普賽舞曲中邊舞邊唱說:

> 舞蹈與音樂結合……
> 愈來愈急促，活潑……
> 吉普賽人瘋狂地彈奏著樂器，
> 吉普賽女郎像是著魔一般，
> 在歌曲的節奏之下，
> 大膽，狂野，熱情，
> 忘情於旋風般的舞蹈之中

「鬥牛士之歌」也是西班牙舞曲，卡門被鬥牛士所吸引，鬥牛士的音樂一揚起，她的心就隨之起舞。但是命運的力量，有如文字，一旦被書寫銘印後便無法改變。軍官蘇尼加用沒有音樂伴奏的口語，平板的說出卡門該被關入監獄，象徵性地代表命運囚禁卡門的力量。這種力量早已在卡門出場前就藉著命運主題浮現。一句口語說出的問句「卡門在那裡」與緊接著出現的命運主題變奏帶出了卡門的出場，以及她的「Habanera」之歌。命運主題以變奏方式，隨著卡門與荷西故事的發展，前後出現七、八次：卡門與荷西初遇、卡門摘花擲向荷西、荷西到煙草工場內逮捕卡門時、卡門進入監獄之時、荷西離開軍隊來找卡門、手持著花剖白心跡之前。每一次命運主題以各種變奏方式出現，無論是一句或半句，或只是一組和弦，都透露出荷西與卡門的距離愈來愈被拉近，一起走向他們的命運。這命運是死亡，是卡門用紙牌算命時所讀出的死亡。卡門移情別戀，與荷西爭吵時，這命運主題便以整個管弦樂團演奏的方式正面出現。最後一幕中，荷西手持利刃，在鬥牛場外親手殺死卡門一景的音樂，是鬥牛士主題與命運主題交鋒的尖銳時刻。鬥牛士之歌在前景，但是每一樂句中斷之際，命運主題隱隱浮現，漸漸的，命運主題在鬥牛士之歌的句子中間切入，漸趨龐大。這好像兩組力量並行，文字（命運）的力量與舞曲（自由）的力量相互拉扯，這兩種力量爭奪樂團內的空間，同時也織出一首更複雜的曲子。鬥牛士殺死牛，場內響起歡呼之聲時，恰好是荷西殺死卡門之時，兩首曲子此刻已合而爲一。此處諷刺性十分明顯，卡門對鬥牛士之愛情、卡門對自由的追求，正好帶來她死亡的命運，像是那頭被放入競技場的野牛一般，她的命運早被注定。

Ⅲ.「奧塞羅」

一、對宗教的擬諷

在威爾第的「奧塞羅」中，這種透過音樂與文字之對立而鉤織出自由對命運、飛躍對捆綁、理想對現實、美麗對醜陋、信心對不信的對立模式更爲複雜。威爾第的「奧塞羅」的歌詞是柏依鐸（Boito）所寫，柏依鐸賦予依亞戈關鍵性的功能，並且把他塑造成撒旦式的黑色浪漫英雄。歐洲十九世紀的浪漫精神中最具特色的便是一種叛逆不馴，向命運挑戰，孤獨而驕傲的性格。米爾頓的「失樂園」中的墮落天使撒旦被浪漫詩人與音樂家視爲這種黑色英雄的典型。除了歌德的「浮士德」之外，白遼士、古諾、柏依鐸，也都根據撒旦的形象寫成歌劇。柏依鐸 1868 年完成的「梅菲斯托佛勒斯」（*Mephistofele*）不以浮士德爲作品名稱，柏依鐸原本還有意把威爾第的「奧塞羅」定名爲依亞戈，從這種定名的方式，我們可看出他對撒旦這種黑色英雄的興趣。在「梅菲斯托佛勒斯」劇本的序言中，柏依鐸說亞當是人類歷史上第一個浮士德，約伯是第二個，所羅門是第三個，任何渴望追求知識與生命，追求未知，追求理想，對人性善惡感到好奇的人都是浮士德。所羅門是《聖經》裡的浮士德，普羅米修斯是神話裡的浮士德，英國拜倫的曼佛列得（Manfred）與西班牙的唐吉訶德也是浮士德。而每一個浮士德都有他自己的梅菲斯托佛勒斯：伊甸園裡的蛇，普羅米修斯的禿鷹，約伯的撒旦，莎士比亞的佛士塔。梅菲斯托佛勒斯是對眞、善、美永遠的否定❾。柏依鐸1893年爲威爾第完成的佛士塔便有梅菲斯托佛勒斯的影子，而他1887年爲威爾第寫的「奧塞羅」中的依亞戈更具有這種色彩。

歌劇中依亞戈的「信經」（Credo）充分表露這種浪漫英雄叛逆的性格：

我相信一個邪惡的神，祂以祂的形像創造了我
我來自粗穢鄙劣的胚芽，從出生便是卑賤的
我是一個惡棍，正因為我是人
我感覺得到我內部最原始的黏土，
對！這就是我的信仰！
我的信心像是教堂中的寡婦

一般的堅定，我相信我所思所行的邪惡，

都是命運注定……

我相信正直的人都是虛偽的演員，

無論是外表，或是內心，

他的存在便是一個謊言，

我相信人從出生到死，

都是邪惡命運的玩物，

死亡後只有虛無，

天堂是老太婆才說的故事。

依亞戈所有宣稱相信的都指向不信、懷疑、否定。依亞戈的「信經」這首曲子本身正是對西方基督教彌撒曲中的「信經」的擬諷。這種擬諷——取其型式，反諷其內涵——與白遼士的「幻想交響曲」中第五樂章「女巫的安息日」有相同的作用。這個樂章中的黑色彌撒是由撒旦所主持，白遼士也承認，這個樂章是對傳統彌撒曲中「神怒之日」(Dies irae)所作的「詼諧的擬諷」(Burlesque parody, Fleming and Macomber 250)。彌撒曲的「信經」頌讚唯一全能的神，天地萬物由祂所創造，而依亞戈的「信經」則完全否定了這種信仰。

威爾第與柏依鐸透過以文字編織的意象，瓦解德絲夢娜所代表的信心、美麗、優雅的音樂。最具說明性的例子是第二幕依亞戈引起奧塞羅疑心的一景。第二幕以依亞戈的「信經」開頭，也開始了依亞戈改變奧塞羅對德絲夢娜信心的陰謀。依亞戈空洞但具暗示性地重覆奧塞羅的話，甚至編織一個虛構夢境，使奧塞羅陷入一層又一層疑心的網絡之中。而柏依鐸最精彩的處理是發揮具有編織意象的手絹的功用。依亞戈拿著從艾蜜拉 (Amilia) 手中奪來的手絹說:「現在我可以編織這個網了，以這條線，我會編織出愛情之罪的證據。」在第三幕奧塞羅看到卡西歐（Cassio）拿給依亞戈的手絹而心灰意冷、突萌殺機時，依亞戈手中拿著手絹唱：「這是個蜘蛛網，它會捕獵你的心……陷害你、處決你。」第三幕結束前，依亞戈的狡計幾乎完全成功，他暗自嘲笑受他愚弄的人:「你薄弱的心智，被一張謊話與夢境所編織的大網所絆住。」[10]

二、共時軸上的深度空間與交錯層次

依亞戈的陰謀鋪設出重重羅網，從另一角度來看，是威爾第利用配器與編曲，使管弦樂團與人聲的二重唱、三重唱、四重唱之間多重異質論述並行之本質，瓦解旋律明顯而優美的音樂。依亞戈與卡西歐的二重唱「飲酒歌」中，依亞戈以節奏沈重有力的調子唱出他「酒神的頌歌」(Bacchic Ode),他「喝醉後，整個世界會爲之撼動，他向嘲弄人的神祇與命運挑戰」，卡西歐則以甜美悠揚的曲調唱出他的心「像是一本敞開的書」。他像是一首「旋律優美的豎琴曲」,「他的道路上滿佈喜悅」。第三幕卡西歐、依亞戈與奧塞羅的三重唱中，依亞戈說這手絹是一張蜘蛛網，會設下陷阱、捕獲獵物時，卡西歐則拿著手絹唱「美妙的奇蹟，針線縫製成的，透過陽光,這手絹看起來眞美好,比雪花還要明亮白淨，比天空中芳甜的空氣編織出的雲彩還要光鮮」。卡西歐天眞、無知而甜美的音樂，與依亞戈狡猾陰鬱而低沈的音樂，透過手絹編織意象的交集處，形成極具戲劇反諷效果的張力。

依亞戈的邪惡要破壞德絲夢娜所代表的特質：甜美、信心、愉快、陽光、希望與微笑，而這破壞的過程在幾首重唱曲中象徵地發生。德絲夢娜在第二幕花園中和兒童村民唱的音樂是十分單純天眞的曲調，甜美而愉悅。德絲夢娜唱著「天空在閃耀，微風在舞蹈，花朵浸香了空氣……我心中迴響著喜悅、愛情與希望的曲調」。這首四重唱中，已經起疑心的奧塞羅同時在旁邊唱著「這音樂征服了我的心」，但依亞戈卻同時唱著「美麗與愛情甜美而和諧地結合……但是，我要擾亂這音樂，使琴弦走調!」奧塞羅與依亞戈的音樂低沈陰鬱，插入德絲夢娜樂句中斷之處，替後面的音樂與情節發展安插了伏筆。德絲夢娜完全不知道這股慢慢形成的危險亂流。舞臺上的四重唱使這種相互衝突的特質同時呈現，而產生強大的戲劇諷刺與張力。緊接著這首四重唱是另一首德絲夢娜、奧塞羅、依亞戈與艾蜜拉的四重唱，德絲夢娜依舊以旋律優美、起伏有致的曲調唱著她對奧塞羅的愛情:「看看我的臉龐，愛情就寫在上面。讓我來舒解一下你沈重的心靈。」奧塞羅則苦惱地自問: 是否他膚色太黑,或已年紀老邁,才使得德絲夢娜不再愛他。男中音依亞戈與次女高音艾蜜拉在一旁爭奪德絲夢娜遺落在地上的手絹。當依亞戈得逞而唱他「要以這手絹織出愛情的罪證」與「陷害人的網」時，德絲夢娜仍在重覆「看看我的臉，愛情寫在我臉上……」。這首四重唱中，德絲夢娜不知道奧塞羅的心事，奧塞羅忽略了德絲夢娜的肺腑之言，而他們兩人都不知道同時在依亞戈與艾蜜拉之間的爭執。他們所爭執的手絹即將成爲引發他們悲劇的關鍵。不同聲部的音樂羅織出異質並存的不同層次，高音部的甜美被中音部的陰謀擾亂，再加上低音部大提琴拉出緊張乾澀的節奏，使得甜美的音樂無法繼續。

威爾第利用管弦樂團配器，使得二重唱、三重唱、四重唱中不同聲部加上不同樂器同時發生,這同時發生而無法充分融合的異質成分,阻撓了主旋律的發展，增加了音樂的空間深度感與層層交疊構織的肌理。早在西方複音音樂發展之始，伽利略之父伽利烈(Vincenzo Galilei)便已批評複音音樂阻撓理性之表達:「不一致的節奏、旋律、速度，甚至在樂器中參雜人聲，這種複音音樂會破壞溝通。近代的複音唱法簡直荒謬，只會提供空虛的快感，對位法使理智臣服於感官、形式臣服於物質、眞理臣服於虛假。」(Strunk 311-315，qtd in Neubauer 26)。這種對複音的戒懼，是理性對感官與多變的排斥，是單一對多元深度的害怕。依亞戈的邪惡與不信隱藏在表面之下的心靈深處。他只提供暗示，只重複奧塞羅所說的話，甚至明說他講的只是一場夢，奧塞羅卻由此無限沿伸，編織出他內心深處害怕的醜陋故事。奧塞羅自己原來善於說故事，他栩栩如生的描述戰場打鬥的細節而贏得德絲夢娜的同情與愛情。說故事是無中生有，是結構，是編織，是骨幹之外加上生動逼眞的描述，簡單的情節一層又一層地被渲染。奧塞羅因此被自己所編織的網絡所陷。

三、歷時軸之對立發展的基調

威爾第利用柏依鐸筆下手絹的編織意象，除了在共時軸（Synchronic）上透過配器製造出有深度的交錯層次，也在歷時軸（diachronic）上透過樂念發展變形，製造出前呼後應，有起有合的脈絡。沿著手絹的這條線，依亞戈編織出了他設計陷害奧塞羅的天羅地網，威爾第也編織出了他綿密的音樂網絡。威爾第的音樂網路中以手絹路經拉起秩序對混亂、信對不信、愛對毀滅之層層對立的發展脈絡，而這三層對立狀態之轉變都以手絹爲關鍵。

威爾第的「奧塞羅」沒有序曲，而以一場暴風雨音樂開始。這場狂亂的暴風雨音樂象徵奧塞羅暴烈的個性，也象徵人心邪惡造成的混亂，同時更在全劇開始時便形成一種基調，控制全曲，使各段落音樂的發展，像暴風雨中海浪起落一般，數度由混亂回到秩序，再由平靜爆發爲狂亂，而這種音樂的發展也象徵奧塞羅人格的轉變。全劇開始時，奧塞羅以高貴勇敢的英雄姿態出現，而且兩度以高昂的歌聲中止混亂的局面，帶出秩序：一次是暴風雨音樂之後，他的出場音樂使慌亂的群眾安靜下來，另一次是慶祝酒宴中的群架。在這開場的暴風雨音樂中，樂曲在各聲部與樂器群中游移，不循規則、時起時滅，製造出混亂的效果。而依亞戈設計灌醉卡西歐而引起的群架中前景沒有音樂，一片刀劍的混亂聲，只有依亞戈飲酒歌的節奏在背景持續，這種混亂比起暴風雨音樂帶出的效果有過之而無不及，但奧塞羅一樣把混亂壓下，而重新賦予秩序。可是隨著劇情發展，奧塞羅性格中暴烈的一面漸漸地被依亞戈激起，而數度失去控制，音樂也一再由平靜轉變爲狂暴，而且像是暴風雨中的海浪，不斷增強。第二幕中，依亞戈的暗示引起奧塞羅的疑心，而數度突發震怒，暴風雨式的迴旋音樂，也一再隨著奧塞羅的怒氣而昇高。而在第三幕奧塞羅與德絲夢娜爭吵，要求德絲夢娜拿出手絹，爭吵中暴風雨迴旋式音樂又在背景昇起，並且急速增強，直到最高潮。在第四幕奧塞羅殺死德絲夢娜之時，同樣的由秩序瓦解爲混亂的狂暴音樂也以震撼人心的方式出現。

這種由秩序到混亂的轉變一再重複出現，顯然成爲這部歌劇主題性的模式。這主題和「信與不信」的主題有密切的關係；奧塞羅失去內心平靜愉快的原因是他無法再相信德絲夢娜。第二幕開始時依亞戈的「信經」與第三幕序曲中盤旋而上的樂句──「疑心是一條綠眼毒蛇」同樣點出信與不信的矛盾。深受猜疑折磨的奧塞羅對信心與心靈平靜的告別音樂顯示他被依亞戈影響而改變。而奧塞羅唱的短短的「信經」則是依亞戈的「信經」的變形迴響，他無法再相信任何事：他「相信依亞戈誠實，又無法相信，他相信德絲夢娜貞潔，又相信她欺瞞」。此處宗教彌撒中的「信經」已經二度被扭曲、擬諷。第三幕他與德絲夢娜爭吵一景中，狂暴的音樂漸漸平息之後，奧塞羅痛苦地唱：「陽光、微笑、生命、快樂都已被熄滅。」第三幕依亞戈、卡西歐與奧塞羅的手絹三重唱中，依亞戈說這手絹是蜘蛛網，捕捉住人們的心，卡西歐說透過陽光這手絹顯得更白更亮，奧塞羅則遠遠地看著手絹，痛苦地說：「一切都已死去，愛情與悲傷……背叛的證據，這在陽光之下展露的可怕證據。」這是極強烈的諷刺。同樣是手絹，對這三人的意義如此截然不同，卻只有依亞戈知道，因爲這一切都是他所主導。這手絹也成爲箝制奧塞羅的頑固意念，揮散不去。

這手絹是奧塞羅給德絲夢娜的愛情信物，卻成爲他殺死德絲夢娜的導火線。依亞戈說這是「愛情的罪證」，諷刺的是德絲夢娜的過錯是她對奧塞羅的愛，而奧塞羅的罪行也源於他對德絲夢娜的愛。愛情與毀滅只一線之隔。奧塞羅在愛情中極度快樂時，曾害怕這幸福會在瞬間消逝，結果他的愛情眞的轉變爲破壞的力量，而親手扼殺他摯愛的德絲夢娜。第一幕中他親吻德絲夢娜時管弦樂團拉起的親吻主題音樂在第四幕又出現了兩次，一次是第四幕剛開始，奧塞羅暗藏殺機，但當他看到熟睡中的德絲夢娜，忍不住想起過去的愛情，音樂浮起，就像是腦海裡浮起想吻德絲夢娜的念頭。而這親吻主題另外一次出現則在第四幕快結束時，奧塞羅已殺死德絲夢娜，後來卻發現了依亞戈的陰謀與德絲夢娜的無辜，悔恨交集而持刀自盡。死前他最後一次吻別德絲夢娜，親吻主題音樂又響起，連起前後情景，造成強烈對比。

威爾第把手絹作爲引發劇情發展的主題種子(motivic cell)，串連起其他樂念與動機，而並行交互地發展，層層穿梭構織成複雜的音樂網路，反映出浪漫歌劇的特色。浪漫時期藝術家對於「有機的整體」、「發展性」，與對包容對立的異質狀態同樣感興趣。柯勒利芝 (Coleridge) 說:「世界萬物皆呈現整體的明證……根、莖、葉、花瓣……結合成一株植物，這都是源於種子內的先存力量或原則。」(Aids to Reflection, qtd in Meyer 192) 華格納在談論「飛行的荷蘭人」時則說:「我在這一首民謠中不自覺地種下整部歌劇中的音樂主題種子 (thematic seed)，……當我繼續作曲時，我早先沒想到的主題意識便不由自主地在全劇中展開，而形成一個完整、毫無破綻的網；我所作的只是讓這首民謠中不同的主題胚芽按照各自的方向完全發展。」(Wagner, qtd in Dahlhaus 18) 馬勒也說:「就像整個宇宙來自一個原始的細胞……音樂也是如此，整首音樂作品也應該包含整個作品的單一動機或主題發展。」(Meyer 192) 華格納的「毫無破綻的網」與馬勒「單一動機或主題發展成整首音樂作品」，在威爾第的「奧塞羅」中也可看到極致的展現。

肆・後浪漫歌劇的平面化空間

音樂與文字的競爭，在蒙臺維地與葛路克的「奧菲爾」中，是人藉音樂的躍昇向已被寫定的命運挑戰。蒙臺維地的理性、節制，與葛路克的和諧、優美，在白遼士「特洛伊人」中成爲代表古典的音樂：群眾的、愉快的、理智的、節制的、優雅的音樂，與個人的、痛苦的、感情的、極度的、破碎的、黑暗的、命運之書並置，造成強烈的浪漫張力。古典的旋律顯得盲目而充滿信心，而個人悲劇的洞視，則看穿命運的局限。比才在「卡門」中也以音樂來與代表命運的文字對抗，但此處的音樂卻是強調變動不居，代表感情、代表自由的舞蹈音樂，人的軀體要求自由，反抗傳統，不願被囚禁。威爾第的「奧塞羅」中，優雅古典的音樂則被文字的邪惡破壞。蒙臺維地與葛路克利用節制的音樂戰勝寫成文字的命運。白遼士、比才與威爾第則藉寫成文字的命運破壞音樂。

然而，後浪漫時期的理查史特勞斯與霍夫曼史達(Hoffmannstahl)在「那克蘇的阿莉艾蒂妮」中使文字與音樂的對立不再是醜陋與美麗、命運與理想、深淵與陽光的對立。文字仍舊代表詩人，代表悲劇，代表單一的信念，代表不變的愛情、不遺忘的忠貞 。詩人作曲家說：「阿莉艾蒂妮是人類孤獨的象徵……她一生只愛一個人……她不遺忘……只有死亡才能帶走她的愛情。」但是，這偉大的歌劇卻被理查史特勞斯安排與一齣詼諧歌舞喜劇「同時」演出。此處對立模式的並置不再是高原深淵並置的浪漫崇高，而是被打斷、被滲透的喜劇荒謬。詩人憤憤不平說：「生命的奧祕即將展現在他們眼前，震撼他們，可是他們居然點了一齣鬧劇一同演出，把「永恆」從他們空空的腦殼中一洗而盡……把他們帶回粗俗。這些不可思議的凡人要搭一座橋樑把他們從理想的世界帶回俗世。」(Prologue) 詩人甚至說:「人類的粗俗,像是墨杜莎 (Medusa) 一般獰笑地凝視我們。」對於詩人的義憤塡膺,舞劇的女主角翟碧妮塔(Zerbinetta)半開玩笑的說,愛情從來不是唯一而不變的,阿莉艾蒂妮眞正要的是另一個愛情。她說阿莉艾蒂妮「美麗,驕傲,但卻僵硬得像是她自己墳上的雕像」(Recitative and Aria)。舞劇的男主角(Harlequin)說阿莉艾蒂妮像是「一個洞穴……卻沒有任何窗口」。「Harlequin」代表生命的動力,代表人心的脈動,他說:「愛與恨、希望與恐懼、喜悅與痛苦,這些我們的心都可以承受,而且可以承受許多次。但若無喜無悲,甚至連痛苦也都死亡,這對你的心卻是致命傷,妳千萬不可如此對我。妳一定要把自己從黑暗中提起,就算是經歷新的痛苦也好。」(Overture) 翟碧妮塔對阿莉艾蒂妮說:

> 妳的沙漠孤島並不是唯一的,世上有千千萬萬個如此的孤島;每一個女人都經歷過,可是我們也都會經歷改變。我常常相信我只屬於一個男人,當我對自己十分確定時,我被甜蜜蒙蔽的心中偷偷潛入自由的滋味,新鮮而秘密的愛情,流浪、不害羞的情感……永遠不是無理的變化,永遠是一種迫切的衝動。啊,神,你要我們拒絕這些男人,為什麼又創造出這麼多不同的類型?
> ……
> 唱歌、跳舞、旋轉,我想我開始愛上他們了。

在「阿莉艾蒂妮」中,悲劇被嘲諷爲「僵硬」、「沒有窗口」,阿莉艾蒂妮高高在上的孤單、悲劇性、深刻的痛苦被舞劇中的男女主角拉回平地,跳動的音符與舞蹈使單一方向的悲劇被打斷。理查史特勞斯與霍夫曼史達對浪漫歌劇中對立模式並置所作的擬諷,使得深度經驗在一個平面上展現，而且多向發展，不斷變形，永遠有生機。

伍・結 論

透過文字與音樂的對抗，以及對抗中的反身指涉，歌劇作曲家與作詞者不斷藉創作來自我界定，而這種自我界定卻必須透過與傳統的斷絕、割裂、叛離來完成。從蒙臺維地、葛路克、白遼士、比才、威爾第與理查史特勞斯的歌劇中，我們看到這些藝術家利用並置異質論述的方式來從事對傳統形式的反叛與顛覆。藝術家在此傳統中成長，學習表達自己的語言。然而，當他開始必須界定自己時，他通常會借用或引用傳統語言，並且引進當時音樂傳統所不容的新音樂，一則流露出懷舊的牽絆，同時卻也對這種傳統採取擬諷的論述距離，以證明自己的個體性。例如葛路克的魔鬼群舞，卡珊卓的破裂樂句，卡門所用的異國地域性濃厚的舞曲，依亞戈離經叛道、不成曲調的信經，理查史特勞斯喜劇悲劇同臺演出的拼貼效果，這些不傳統的音樂正是這些音樂家用來批判當時音樂與文化傳統的獨特創意。這些創意，這些與傳統及大眾截然不同的意念，是藝術家藉以定義自我的異己。他們使用女性或地獄信徒來製造音樂中異質模式的對立、交錯構織的空間深度，或是平面拼貼，這是否說明了藝術家自我界定的渴望與恐懼：這些異己的，來自底層的律動、衝刺、叛逆、顛覆，或許就像是潛意識中被壓抑，卻以變形方式重現的原始情結？而從古典到浪漫，再到後浪漫，文字與音樂的對抗一直以顛覆傳統的方式持續。

本文為國科會人文處補助之計畫「文學與歌劇：十九世紀西方文化之交錯構織」（計畫編號：NSC 81-0301-H-030-503）研究報告中之一部分，已刊登於《中外文學》民國八十一年十月號，二十一卷五期，6～29頁。該研究計畫報告獲頒國科會八十二年度優等研究獎。

注 釋

❶ 理查史特勞斯的「綺想曲」原著是卡司提（Abbe Casti）所寫的喜劇《音樂優先，文字其次》(*Prima la Musica E Poi le Parole*)。這劇本曾被沙利耶律（Salieri）譜於歌劇，在1786年與莫札特的 *The Impresario* 同晚在皇家宮廷演出。理查史特勞斯的劇本改編者是他的指揮克勞斯(Clement Krauss)，1942年在慕尼黑首演(Whittall 18-21)。

❷ 這部歌劇中，理查史特勞斯除了讓詩人與音樂家互爭長短之外，也安排了其他場景討論舞蹈、義大利詠歎調，甚至在詩人、音樂家、導演、演員、舞者等人離開大廳之後，僕人們一個個出來評論剛才那些他們聽不懂的音樂，批評這些歌劇之作者或許連僕人也會搬上舞臺。這類反身指涉的後設語氣在理查史特勞斯的「阿莉艾蒂妮」中也可見到。

❸ 可見Herbert Lindenberger的*Opera: The Extravagant Art*(1984); Lawrence Kramer 的 *Music as Cultural Practice: 1800-1900* (1900); Carolyn Abbate 的 *Unsung Voices* (1991)

❹ 蒙臺維地（Claudio Monteverdi, 1567-1643）的第一部歌劇「奧菲爾」，作詞者 Alessandoo Striggio (ca. 1560-after 1643) 原先依據古典神話寫成歌劇，故事以一群瘋狂的女子將奧菲爾分屍爲結局。但蒙臺維地自行將結局刪減濃縮，而強調阿波羅的理性教訓。

❺ 葛路克（1714-1787）的「奧菲爾」是卡沙畢其(Calzabigi) 作詞的，他將故事情節簡化，卻強調奧菲爾與尤莉蒂姬的悲傷故事，富感情的詠歎調與對話占全歌劇的絕大部分。

❻ 白遼士（1803-1869）自己寫詞譜曲，根據 Virgil 的史詩 *Aeneid* 的第二部分與第四部分寫成「特洛伊人」，完成於1856～1858年之間。全歌劇分兩部分，第一部分是「特洛伊城的淪陷」(La Prise de Troyie)，有兩幕，第二部分是「在迦太基的特洛伊人」(Les Troyens à Carthage)， 有三幕。第二部分於1863年在巴黎首演，第一部分則遲至1890年才得見世（Grout 78)。顯然當時的觀眾無法接受這部冗長的作品。白遼士在這部歌劇中的管弦樂團與合唱部分的編制十分龐大，強化了合

唱樂團與獨唱的差異。

❼ "Lleber die Bestimmung der Opera" in *Wagner*, Gesammelte Schriften, ed. Julius Kapp (Leipzig: Hesse & Becker ed. XII, 309)

❽ 「卡門」是比才（1838-1875）最後一部歌劇。比才「卡門」的作詞者是 Henri Melhac 和 Ludovic Halevy，他們把卡門與荷西寫得較具有人性，而不是殺人不眨眼的惡徒。許多人都批評他們把梅里美的<卡門>寫得不那樣兇悍冷酷，儘管如此，比才把這種殺人悲劇帶入法國「喜歌劇院」中，仍是驚世駭俗的作法。首演之後，「卡門」被批評得一文不值，直到比才過世後八年，才開始被接受(Grout 493)。實際上，比才以喜歌劇形式，配以舞曲的輕鬆節奏來呈現這悲劇，這種內外形式的不一致，正加強了歌劇中命運的諷刺本質。

❾ 引自 Julian Budden 討論柏依鐸（Arrigo Boito, 1842-1918）的 *Mephistofele* 的序言。

❿ 莎劇「奧塞羅」中的依亞戈並沒有以手絹發展出網路與編織的意象，這是柏依鐸獨創的處理。

「特洛伊人」中的 異質聲音與多重主體

壹・歌劇文本中的性別問題

我們該如何討論歌劇文本中的性別關係，陽性特質或陰性特質，文本主體或邊緣他者？一般人時常將此類問題與歌劇文本中女性角色的形象混爲一談。的確，在歌劇中，最爲膾炙人口而引人同情的多半是一些悲劇女性的故事，例如蝴蝶夫人、茶花女、卡門、諾瑪、托斯卡、沙樂美、米蒂亞。克萊門在她的書《歌劇，或女性的毀滅》（Catherine Clément, *Opera, or the Undoing of Women,* 1979）中，便激烈批評這些歌劇中的悲劇結局：「女性是珠玉……但珠玉的身分只是裝飾，而沒有決定的能力；在歌劇舞臺上，女性持續唱著她們永遠的毀滅。」(3)對克萊門來說，歌劇中的女性沒有「女性意識的版本」或「解放」，「恰恰相反，她們受苦，她們悲泣，她們死亡」(11)。這些受苦而死的女性串連起長長的鏈條，像是從無盡的時間洪流中展現的巨大情節。人們喜愛歌劇，而無視於這些女性的不幸下場，克萊門認爲，是因爲「音樂讓人們忘懷了情節，……情節顯而易見，但卻在歌劇快感的符碼之外安靜地進行，牽連編織起一個個女性角色，帶領她們步向死亡的結局」(9-10)。對於歌劇的結局，麥克拉蕾（Susan McClary）亦曾指出，以「卡門」的音樂爲例，「爲了重建安定的狀態，荷西以及觀眾都希望代表卡門的半音階音樂能被中止」(*Feminine Ending* 62)。麥克拉蕾的看法是：音樂邏輯決定了女性角色被歸納於主調音樂的結局。

是的，她們死了。她們受苦，她們悲泣，她們死亡。多數人面對歌劇中女性的悲劇下場時都會持有這種態度：「我們該在這些悲劇女性的故事中擷取什麼樣的教訓呢？」或「這不就是社會以及男性藝術家懲罰女性的方式嗎？」對他們來說，這巨大的情節化解了所有衝突，顯示了道德的教訓，「音樂」與「情節」似乎是對立的兩個陣營，而「結局」是我們討論劇情的唯一依據。

但是，以這種方式談論藝術品中的「情節」與「結局」，會犯一些明顯的謬誤。以米蒂亞的故事爲例，我們要談論作曲家的情節還是作詞者的情節？鵲如比尼的「米蒂亞」(Cherubini, 1797) 還是沙本提耶的「米蒂亞」(Charpentier, 1693) ❶？同時，在歌劇文本中，並不只有一條敍述線或情節的發展，我們會聽到不同的聲音層層交織。在各種交織的聲音之中，如果我們仔細跟隨女性角色的聲音，我們會發現，無論她們是以主調或是變調發展，以和諧或是不和諧的方式對位，她們必然在音樂中占據著異質的空間。雖然在樂曲結束時，她的旋律會被解決，被納入結局，但是，在聽者聆聽音樂的過程中，她已製造了無法抹滅的經驗痕跡。音樂結尾時的處理無法取消音樂經驗的過程以及由聆聽時間的延續而刻畫出的心理空間。況且，結局中劇場內的死亡並不就等於死亡。劇場內的死亡是一種感情及人生極度狀態的象徵表達，會引發觀眾相對應的強烈同理感受，從而重組觀者內在的心理空間。並非快樂完滿的結局就能解決人生的難題，或是展現對女性的尊重，更不用說揭露人與人之間複雜的關係。

至於「音樂」，我們要談論哪一個音樂？器樂還是人聲？弦樂、木管、銅管，還是打擊樂器？女高音還是男高音？主旋律還是對位旋律線？就如依黑佳蕾曾說：「此性非一」❷，此樂亦非一。音樂是多元文本，由作品中不同的聲音與軀體所交織而成，而不同軀體與聲音承載著不同主體。就像是編舞的法則，透過配器編曲，音樂中的複音特質可賦予音樂廣大的空間與時間向度。主體的聲音由器樂群或人聲的一個軀體移轉至另一個軀體，或不同聲音與主體彼此對位並置，相互呼應或評論。一位角色歌詞中已說出或未說出的意思，都可能會被其他人聲或器樂的音樂元素呈現的「論述距離」❸而增強、化解、批評、諷刺。

我認爲，藝術文本中的性別，以及其中所呈現的陽性特質或陰性特質，都是藝術家藉以使用的修辭籌碼。透過暗喻式的性別處理，以及性別之間流動的相互關係，藝術家得以裝扮他/她內在渴望認同或抗拒的異己聲音，同時亦揭露人性多元的面貌。歌劇文本即是如此。杰克芭(Mary Jacobus, The Difference of View, 1989)對於「不同」的定義可以幫助我說明這種多元文本的立場:

> 我們對「不同」有了新的定義，不是男性相對於女性，不是生理構成論，而是多元、愉悅與異質的，就如同文本肌理一般。製造意義的寫作同時成為提出挑戰與展露異己的場所……事實上，不同即意味著跨越界線……這是一種展露界線的跨越行為——在陽權中心論述下產生的界線，在女性與特定文化交集時發生的界線……寫出無法被寫的事物(52)❹。

藝術家面對既存的象徵系統時，必須藉著種種異質元素的互動，方能叛離傳統、突破疆界，從而釋放內在未知領域的潛在驅動，讓被壓抑的不同聲音展現。莒哈絲曾說:「要成爲作曲家，你必須完全擁有你的自由。音樂是一種過度的活動，它是瘋狂。」(175)❺藝術家大膽地執筆寫作、繪畫、作曲，讓自己內在地黑暗大陸呈現於作品中，如此，我們便會看到如西素所描述的「複雜、流動、開放」的文本:「無論是男性或女性，接納自己內在異性的組成元素，會使自己更為豐富、多元、堅強、流動，同時亦更脆弱。」[6] 如同西素要求女性「出來」(‘Sorties: Out and Out: Attacks/Ways Out/Forays)，藝術家根植於傳統的象徵系統中，必須不斷地「出來」，離開熟悉的語言環境，跨越疆界，像是遊戲一般，嘗試賦予內在的無語經驗一種形式，再改變形式。本文卽是他／她的身體，是多元異質而善於遊戲的。

我在本文所採用的立場，便是以杰克芭、依黑佳蕾、西素與莒哈絲等女性主義者對待女性的態度，來對待文本、解放藝術、承認藝術文本之多元異質組成，並探討其中主體之流動。我認為，研究歌劇中的女性時，分析在音響的整體空間中，她們如何被架構於多重論述系統與異質聲音之間，多元主體如何在不同軀體間遊戲轉換，可以讓我們免於從單一角度固定此文本之危險。

在下文中，我要討論白遼士的歌劇「特洛伊人」[7] 中，白遼士對於兩位女性角色卡珊卓與戴朵的處理。這兩位神話中的女性角色以隱喻的方式勾畫出女性的共同處境：被男性／理性社會遺棄於邊緣地帶，無人聆聽，也無語言表達，轉而趨近瘋狂與死亡。就像阿莉艾蒂妮的荒島，她們所處的境地是無語的荒野中，是在空無之中。我們可以稱呼她們為陰性她者，或是被抗拒的陌生人，無從捉摸的遙遠他方。但是，任何聽過「特洛伊人」這齣歌劇的人都會問：為什麼白遼士要憑空創造出卡珊卓這個角色，同時賦予她這麼多的空間？為什麼白遼士要把特洛伊城淪陷與戴朵的愛情悲劇湊在一起，而把卡珊卓與戴朵放在同一齣歌劇中，並費心經營卡珊卓與戴朵之間音樂的相關性？為什麼卡珊卓與戴朵的音樂一再被合唱的集體聲音淹沒？最後，為什麼聯繫這兩個悲劇的以尼雅，雖然仍是英雄角色，而且是推動劇情發展的主要動力，卻顯得欠缺主動意志而且戲分薄弱？這些問題必須透過以下的文本分析，檢視文字與音[illegible]之間的對應互動，以及音樂空間內各個聲音的呼應襯托，才能開始解答。而且，這些討論會帶領我們正視此文本中的複雜與多元主體，我們可以看到卡珊卓與戴朵是白遼士藉以跨越內在疆界的不同聲音。然而，同時，我們也發現史詩英雄以尼雅在此歌劇中，成爲被架空而邊緣化的聲音；因此，我們必須重新探討文本主體與邊緣他者對立論的二元結構。

貳・卡珊卓與戴朵——不同的聲音

在作詞與譜曲的過程中，白遼士承受極大的感情波動。當時其他作曲家多半是請其他人寫劇本，自己譜曲，但是，白遼士的這部歌劇的劇本是他自己寫的。他對文學一直有特別的興趣，而從小他就喜愛維吉爾的史詩〈以尼雅傳〉。在他父親以拉丁文教授他這首史詩的過程中，他時常被感動得一人獨自流淚，他在《回憶錄》中寫道：「維吉爾是第一個開啓我的心靈與想像力的人。」(*Memoirs,* ch. 2) 他開始創作這部歌劇之後，曾在一封給李斯特的信中寫道：「它已漸漸開始成形了，但是，它是龐大而危險的。」(1856)❽ 在他給尙維根斯坦公主 (Princess Sayn-Wittgenstein) 的信中，他也說：「創作這部歌劇的一大難題是，我太深受其中流露的感情所影響，我的感情太熾烈了，我必須冷靜下來。」(1856) 當我們進入這部歌劇時，我們馬上了解他所謂的「龐大」與「危險」。這部歌劇分兩大部分：「特洛伊城的陷落」與「在迦太基的特洛伊人」(La Prise de Troie and Les Troyens A Carthage) ❾，其中包含特洛伊人與迦太基人不同的命運，與卡珊卓和戴朵的悲劇，情感的多元與強烈的幅度，都屬於史詩的格局。

I.卡珊卓與羣眾的對立

白遼士的「特洛伊人」基本上是根據維吉爾的史詩〈以尼雅傳〉中

的第一章、第二章與第四章改寫而成的。聽完了整部歌劇，我們發現白遼士在處理劇本時，更改了維吉爾的原作，而作了一些主要的變動：他刪除了以尼雅的敍述，而增強了卡珊卓與戴朵的聲音。

在維吉爾〈以尼雅傳〉中，以尼雅是主要敍述者，他告訴戴朵特洛伊城淪陷的故事，卡珊卓只是故事中眾多角色的一名，而且分量極輕。以尼雅提到沒有任何人聽信卡珊卓的預言，他也描述她的瘋狂：「卡珊卓的髮絲如瀑布般垂下，火焰般燃燒的雙目徒然望向天空。」(第二章) 在以尼雅的敍述中，我們聽不到卡珊卓自己的聲音；但是，在白遼士的歌劇中，卡珊卓卻被賦予了聲音、洞視與故事。她是這部歌劇中第一部分「特洛伊城的陷落」的主要角色。「特洛伊城的陷落」有兩幕，由群眾合唱與卡珊卓獨唱的交替而組成。從群眾的合唱與卡珊卓的獨唱之間，我們看到的是大眾視野與個人視野的對立，是群眾盲目信心與個人清醒洞視的差距。

全劇開始時， 特洛伊的民眾正歡喜慶祝十年戰爭的結束。 這首合唱曲（升G大調）的配器只有木管與銅管。 白遼士在給李斯特的信中特別說明為什麼他要避免用弦樂器：「這場群眾合唱只有管樂器伴奏，弦樂器要等到卡珊卓開始說話時才出現。」(July 19, 1862, qt. in MacDonald 51) 如此，群眾合唱與卡珊卓獨唱的差異效果就會更為明顯。管樂器製造出喧嘩熱鬧、震耳欲聾的金屬質聲音。群眾高興地唱著：「哈！哈！看他們留下的東西！矛尖！盔甲！……標槍！……看這個巨大的盾牌。」(No. 1) 合唱隊歌詞中的視覺意象隨處可見。群眾被眼前看到的景象完全說服了。而他們的音樂充滿跳躍的前進力量，節奏規律，沒有讓人停頓思索的空間。這首進行曲給人龐大而無法抗拒而整齊一致的集體性，而這種史詩式的歷史聲音與大眾的集體性卻是白遼士個人最感厭惡的。透過卡珊卓，他表達個人的不同聲音。

卡珊卓的入場獨唱（降E調）完全以弦樂器伴奏。前一首管樂器的巨大音量與明亮堅硬的質感， 跳躍歡愉的節奏， 加上人數眾多的合唱聲，和這一首低沈陰鬱而不和諧的弦樂伴奏，卡珊卓時而遲疑、時而激動地獨唱，形成強烈對比。從升G到降E的降四度音程差異，更象徵從群眾的喜悅高原落入個人痛苦深淵的轉換。卡珊卓入場時「眼光狂亂而煩惱」，唱著她在〈命運之書〉中看到的特洛伊下場，她看到的鬼魂，及種種不祥的預兆（No. 2）。沒有人相信她，甚至她的情人克羅巴也認爲她發瘋了。此處的視覺意象與前一首合唱曲中的視覺意象亦形成明顯差異： 此處是個人洞視未來的命運景象， 前者則是群眾在此時此刻親眼所見的實物。卡珊卓的低音如同說話般持續在E與降F的平板音樂線上，似乎承載著命運與文字的重力。弦樂器的伴奏則更爲低沈平板，製造出沈重而陰鬱的背景。

在克羅巴與卡珊卓的二重唱中，我們再度看到這種對立的視覺意象與音樂處理。克羅巴試圖安撫卡珊卓，並要求她回到她的理智:「停止預言（prévoir），抬頭看看晴朗的天空，讓妳的靈魂平靜，讓妳的心再度充滿希望（d'espoir）。」（No. 3）很諷刺的，「預言」和「希望」押韻〔oir〕，而這韻帶出的聲音效果更在卡珊卓的歌詞中重複出：「相信（crois）我的聲音（voix）」，我「看到（vois）」的景象。音樂中相同的聲音成爲重複出現的母題，串連起意念相關卻對立的文字，而使得克羅巴與卡珊卓的差異視野更顯懸殊。克羅巴強調的是眼前可見的事實:「戰爭已經被人遺忘。微風柔和而溫暖,海浪溫柔……羊群心滿意足……快樂的牧童和小鳥一同歡唱……這是舉世齊唱的和平頌。」(No. 3) 克羅巴所唱的旋律甜美怡人，節奏規律，代表理性與節制。卡珊卓無法辯駁，只能要求他相信她：「相信我的聲音，這是被那殘酷的神所啓示的。我已看到了〈命運之書〉，我看到邪惡的雲層籠罩著我們……你眼前所見的是虛假的，這寧靜都是謊言……我看到群眾悲泣，在命運的憤怒之前束手無策，我們的街道，血流成河，半裸的處女，被人蹂躪……。」(No. 3) 伴隨著這一連串短促的句子和片段的意象，是卡珊卓低沈粗啞的聲音，和她如宣敍調般平板的樂句。當她和克羅巴一起唱時，她的不和諧樂句幾番企圖從克羅巴的樂句中斷處插入，以抗拒他流暢的旋律線。而在他們兩人交替出現的樂句之間，樂團音樂也在伴隨克羅巴的和諧銅管與伴隨卡珊卓的不和諧弦樂器間轉換，使得兩人的差異更爲尖銳。

群眾與個人的對立，在第一幕最後一景木馬進城前，有一場最爲戲劇化的演出。當興奮雀躍的群眾排列成長長的儀式隊伍，唱著節奏規律的「特洛伊進行曲」(Marche Troyenne, No.11)，歡迎木馬進城時，有兩個合唱隊同時出現在舞臺上，另外配合整個樂團之外，還有三個舞臺上的小型樂團被納入編制。這種龐大的編制產生的音量驚人，與卡珊卓的獨唱形成懸殊的對比。卡珊卓一人在舞臺前景，試圖在群眾歡唱的進行曲中爭取一席空間，唱出她的絕望:「這巨大的機器向前推動了──它來了！……這死亡的陷阱……。」(No. 11) 卡珊卓的聲音旋即被群眾的歡呼聲音淹沒。她眼睜睜地看著她的人民湧向毀滅的深淵，卻無法中止。「特洛伊進行曲」便象徵命運壓倒式的推進力，也象徵歷史無可挽回的進程。個人的聲音與力量是微薄的，毫無改變既定命運的可能。

在群眾與克羅巴的對稱下，卡珊卓顯得更爲個人化。坎普(Kemp)認爲，在創造卡珊卓這個角色的同時，白遼士投射了一種「自我塑像:熱情的先知，雖然身負神的訊息，卻被人摒棄」(The Unity of *Les Troyens* 107)。而反覆檢視特洛伊群眾／克羅巴與卡珊卓之間視覺意象與音樂的對立，可讓我們看到兩者之間存在著群眾盲目的信念與個人洞視的鴻溝。在兩種完全不同質感、不同音量的音樂轉換中，我們也經驗到了典型的浪漫式崇高對立⑩。白遼士自己十分清楚他在音樂中所追求的對立效果，墨菲 (Kerry Murphy, *Hector Berlioz and the*

Development of French Music Criticism, 1988）曾指出，在白遼士自己所寫的樂評中，稱讚偉大的作品多半是用「最驚人的對比」、「最意料不到的對比」、「強烈的感情」、「巨大」等辭彙（154）。這種浪漫式的對立，這種並置兩種相異模式的處理，正是白遼士藉以呈現他自己內在異質聲音的管道。在公眾領域與私人領域之間，在信仰與懷疑之間，在一致性與個別差異之間，在熟習傳統與陌生創新之間，白遼士容許自己不同的經驗在不同的聲音對應之中流露。卡珊卓不和諧的和弦與破裂的樂句爲他開啓了陌生的領域，遠離一向所順從的習套與集體的聲音。

Ⅱ.卡珊卓與戴朵的關連

雖然卡珊卓與戴朵的處境迥異，我們卻發現許多相似的音樂處理，使得她們兩個角色之間建立起密切的關連。首先，白遼士有意凸顯她們兩人的瘋狂狀態，以及她們的先知能力⓫。在前文的討論中，我們已經看到卡珊卓面對無可挽回的命運時的狂亂，以及她所用的不規則與不和諧的音樂。戴朵亦然。在得知以尼雅已經率領船隻離開迦太基，遠赴義大利時，戴朵先是憤而舉兵，意欲摧毀所有特洛伊人。但是，她的感情不容許她如此做。戴朵回到房中時，已然決定一死了之。歌譜中描述，戴朵在舞臺上狂奔，「撕扯她的頭髮，痛捶她的胸膛，口中發出無法辨識的哭喊」。樂團以極爲紛亂且不和諧的短促音節配合這些「無言的絕望哭喊」，白遼士知道這段音樂的處理會「激怒」他的樂評家（Postface, *Memoirs* 490）。他曾自問:「我該怎樣做才能在音樂中表達這些痛苦呢？」（CG, V. 2273)。在《回憶錄》中，他寫道：「在我所寫過的所有悲傷音樂中，除了卡珊卓的音樂之外，沒有任何一首能夠跟戴朵在房中的這首相比」（Postface, *Memoirs* 490）。極度狀態的瘋狂與痛苦難以藉語言的象徵系統呈現，似乎只有藉著最不循作曲規則的紛亂與不和諧的配樂才稍能表達，這似乎也是克莉絲特娃在「詩語言的革命」中所說的非語言系統、非象徵系統的內在衝刺與顚覆力量（Kristeva, Revolution in Poetic Language)。

卡珊卓與戴朵另一層的相似處理是：在她們絕望的獨唱曲中，白遼士使用相同的調性與弦樂伴奏。當戴朵唱：「我即將死去，沈溺於我深深的哀愁中。」(No. 47) 她所用的是降G大調，弦樂部分以降G小調伴奏。這與卡珊卓在木馬進城前，萬分絕望時所唱的獨唱曲是一樣的降G大調調性處理，兩種相同的調性喚起相似的感受⓬。麥克唐那（Hugh MacDonald）曾討論過十九世紀音樂家使用降G調的意義。他認爲這個降G調在音階上遠離C大調，「極度」而「遙遠」，是一種艱難的挑戰，卻吸引了不少十九世紀的音樂家 (226)。白遼士在呈現卡珊卓與戴朵的極度狀態時，使用了這個神秘而遙遠的調性，很明顯的，是要強調她們所經歷的是常人經驗模式之外的範圍。

卡珊卓與戴朵的另一相似處是她們所發展的低音音域。在進入低音音域的討論之前，我們可先看看伯載（Poizat）如何討論高音音域中的「沈默」。伯載認爲高音音域的特色是其破壞文字的發音與意義，而正是在此意義破壞之時，人聲能展現最大的愉悅感。伯載寫道：「在高音音域中，所有文字與音樂的最高張力聚集於一點……由於脫離了話語的範圍與指涉的功能，聲音的純淨得以完全展現。」(130-131) 這種純粹的聲音導致意義的沈默，而這種高音音域的沈默卻是音樂家始終想追求卻難以捉摸的境界。「音樂不斷企求這個境界，接近了卻又失去」(88)。

以伯載對高音的討論作對照，卡珊卓與戴朵的低音更爲有意思。在戴朵憤怒時，她的音高可達高G。以尼雅走後，她要求以懲罰的方式復仇：「折斷他們的槳，燃燒他們的船」；她還要像米蒂亞一般「用他兒子的肢體作成的筵席以饗以尼雅」(No. 46)。當戴朵唱到「肢體」時，她的聲音以穿刺的力量達到高G。但是，當她陷入悲傷時，當她唱「我即將死去」(No. 46) 與「讓他從遠處看我葬禮冉冉昇起的煙火」(No.

47）時， 她的聲音沈到降G調的低音A與B 。她在高音音域展現的愛情、喜悅、憤怒、仇恨、希望，現在都已了無蹤跡；戴朵被拉扯到了谷底，面對她的死亡。這低音也是卡珊卓在絕望時所用的低音。當卡珊卓唱到她看見黑克特的鬼魂的兩段樂句時，她都只用降E調的F。而當她唱到在〈命運之書〉中見到特洛伊城的毀滅時，她的聲音沈到降G的F與E。不像是高音時所用盤旋而上的頭音，絕望與死亡在戴朵與卡珊卓的胸腔喉間振動、破裂。低音在她們的軀體內製造最大的接觸空間，引起體內最大的抗拒力。在高音音域中，文字的意義因美聲發音法改變發音而無法辨識，但是在低音音域中，文字則可一一辨識⓭。甚至文字的重力、文字的意義與軀體的存在，在此低音音域中更為明顯，文字與音樂的張力也因此共存而達到最高點。若說以頭音為主的高音音域是音樂不斷追求而不可捉摸的純粹精神境界，低音音域則是軀體無可避免、終將回首面對的現實。

Ⅲ.音樂中襯托呼應的重重網路

除了藉著配器、調性與低音音域來呈現卡珊卓與戴朵的極度感情狀態之外，白遼士在音樂中也一再藉著環繞的重重音樂網路襯托呼應卡珊卓與戴朵的處境。有一個最具換喻意義的處理是安卓瑪姬的一景。安卓瑪姬與她的小兒子在這一景出現時（第一幕，第六景），二人身著素白衣裳，不發一言，完成為死去的黑克特哀悼的儀式。全景中只有一隻豎笛獨奏，最後由一隻雙簧管以低音結束。這是以轉化的方式表達安卓瑪姬沈默的哀傷，也同時象徵地呈現了卡珊卓與戴朵沈默無語的哀傷。

白遼士也藉「特洛伊進行曲」來加強卡珊卓與戴朵的命運相似處。從「特洛伊城的陷落」到「在迦太基的特洛伊人」，「特洛伊進行曲」是貫串全劇的主要母題。這首音樂首先以降B大調伴隨木馬邁進特洛伊城，受到特洛伊人民熱烈歡迎；後來改以降D大調隨著以尼雅與特洛伊人進入迦太基，同樣受到戴朵與迦太基人民的熱烈歡迎。由降B升到降D，象徵從特洛伊的黑暗、沈重、緊張的氣氛，轉換到迦太基明亮而輕鬆的田園氣氛。但是，特洛伊人與戴朵和迦太基人所迎接的卻都是他們自己已被注定的命運。戴朵對自己說：「我突然感覺到一股耐不住想要見他們的衝動，可是我心中又有一種莫名的害怕。」(No. 26) 此時，命運已然偸偸地潛入。在其他幾處使用降D大調的樂段，我們也看到命運的狡猾。例如，當特洛伊的軍隊與人民狂歡爛醉後沈沈入睡時，希臘軍隊在半夜偸偸地從木馬的腹中爬出來，背景便出現一小段以降D爲主的音樂 (No. 12)；當戴朵聽以尼雅講述故事，不禁心動，而唱道：「萬事都共謀使我的心溶化。」(No. 35) 這段音樂也是以降D出現。這幾處的音樂沒有任何明顯的相似處，但是，同樣的降D調性卻很巧妙地改變了原先在「特洛伊進行曲」中命運頑強的推進力，而牽起命運欺瞞狡猾的特質。

「特洛伊進行曲」所使用的降B是特洛伊鬼魂——黑克特、克羅巴、卡珊卓——提醒以尼雅「前往義大利」時所用的調性 (No. 12, No. 39)，也是以尼雅與他的軍隊決定動身而唱「義大利」(No. 43) 時所用的調性。鬼魂的呼喚聲像是歷史的陰影；藉著使用降B，鬼魂同時召喚起「特洛伊進行曲」中命運壓倒式的強大力量。全劇終了時，戴朵之死再度與「特洛伊進行曲」並置，場景迅速地從戴朵的喪禮轉移到特洛伊人在羅馬邁著進行曲的未來時刻，降B的「特洛伊進行曲」出現，以歷史的超然置換了戴朵的悲劇。

白遼士以同樣調性處理相似或對立的場景，時常加強了這些場景的相關性以及其間情景轉換導致的諷刺。除了降D與降B兩個例子之外，卡珊卓入場時獨唱所用的降E也是一個效果明顯的例子。第三幕開場時，迦太基人以降E調唱出非常輕鬆自在、富田園風味的合唱曲，頌讚暴風雨之後的溫柔微風與亮麗陽光。這一景與第一幕第一景特洛伊人歡唱戰爭結束雖然氣氛不同，一個激昂，一個和緩，他們之間仍然有異曲同工之處，因爲兩者都是愉快的慶祝災難的結束。但是，迦太基人的歡唱用的是卡珊卓預知命運而極度不安焦慮時所用的調性，兩者之間的對比與底層的相似卻因此而十分明顯。而當戴朵的妹妹安娜（Anna）眼見戴朵陷入情網而高興萬分時，她以特洛伊人第一幕開場時的升G大調對將領納鈸（Narbal）說:「你難道沒看到，我們的皇后愛上他了，迦太基勝利了。」納鈸反而以降E調對她說他所看到的「黑暗的未來」與「大災難」(No. 31)。此處，透過視覺意象的對立與調性的處理，我們看到安娜似乎重複特洛伊群眾與克羅巴的單純信心，而納鈸則與卡珊卓一樣單獨地預見不幸的命運。

叁·歌劇文本中的多重主體轉換

在我們細細分析「特洛伊人」這部歌劇文本中的種種細節之後，我們發現，在這部「龐大」而「危險」的歌劇中，白遼士架構出了重重網絡，並藉不同的聲音傳達不同的觀點與情感: 群眾信仰、個人懷疑、希望、絕望、愛情、背叛、恐懼、仇恨。往往在對應當中，在主體聲音轉換之際，例如群眾對卡珊卓、克羅巴對卡珊卓、卡珊卓對戴朵、安娜對納鈸、特洛伊人對迦太基人，我們更看得淸楚其中的相對關係。卡珊卓與戴朵原本是被壓抑的邊緣聲音，瘋狂而無語，在白遼士的歌劇中卻成爲主要的聲音，藉著配器、調性、低音音域，一再凸顯她們處於常態之外的極度狀態; 同時，藉著音樂中重重網絡鋪陳對稱，又一再烘托迴響她們的聲音。很顯然的，卡珊卓與戴朵傳達了白遼士藉著非傳統的異質聲音呈現的隱藏主體[14] —— 無人聽信的先知，被命運背叛。

但是，白遼士的態度是複雜的，因爲命運是複雜的，人與人的關係也是複雜的。此複雜態度出現在以尼雅這個曖昧角色的處理上。以尼雅其實是個在歌劇中被架空、被壓抑的邊緣角色。雖然他是史詩劇情的貫串者，從特洛伊到迦太基，再從迦太基到羅馬；第一部分他卻是在群眾與卡珊卓出場之後才出現，第二部分他也是在群眾與戴朵出場後再出現。他的兩次出場的確是以典型的英雄式男高音開頭，但是，他先是誤認木馬為敵軍投降所獻的貢禮，而鼓勵特洛伊人迎接木馬進城，然後是在特洛伊城淪陷時棄城逃亡，之後又在鬼魂催促之下，逃離戴朵，遠赴羅馬，成就歷史的使命與榮耀。我們聽不到他對特洛伊城淪陷的懊悔，也聽不到他對戴朵之死的悲傷，歷史與命運是他唯一的行為藉口。相對於卡珊卓與戴朵的絕望、悲痛、瘋狂，以尼雅隱隱成為觀眾情緒轉移而指責的對象：為什麼以尼雅如此無知而漠然？但是，我們也必須問：為什麼以尼雅如此沈默而邊緣化？

我們唯一看到以尼雅猶豫的時候，是以尼雅在離開迦太基之前，反覆躊躇，不知是否該再見戴朵一面。但是他害怕看到戴朵臉上沈默的哀傷：「她的恐懼」、「她燃燒凝視的雙目」、「她頑固的沈默」，以及她沈默中所流露的「雄辯」(No. 41)。「沈默」(silence) 與「雄辯」(éloquence) 因押韻而加強了其中的反諷關係：戴朵的沈默正是她對以尼雅最嚴厲的指責。以尼雅此處所描述的戴朵，令我們想起白遼士自己描述的第一任妻子哈莉葉 (Harriet Smithson)。

哈莉葉原是當時轟動一時的著名英國莎劇女演員，年輕貌美，她所飾演的茱莉葉、奧菲莉亞、戴絲蒙娜打動無數觀眾的心，也激發無數藝術家的靈感⓯。白遼士為了追求哈莉葉，譜了「雷力歐，重返生命」(*Lelio The Return to Life*) 這首曲子。雷力歐唱道：「我期待我能夠尋找到她，我的茱莉葉，我的奧菲莉亞，我的心渴求接近她。」白遼士說雷力歐是他自己，而茱莉葉與奧菲莉亞則是哈莉葉（《回憶錄》216)⓰。他的確贏得了哈莉葉的心而娶到了她。但是，哈莉葉嫁給了白遼士以後，遠離祖國，法語又不流暢，而無法繼續在舞臺上發揮她對語言的敏感與對藝術的詮釋。白遼士的音樂生涯仍然十分活躍，甚至是十分成功的，時常出外遠遊，發表作品，而哈莉葉的生活相對的卻變成孤立而寂寞。漸漸的，她開始酗酒，暴飲暴食，體重迅速增加，時常有嚴重的情緒低潮。白遼士寫信向他的妹妹抱怨哈莉葉的爆烈脾氣、她的忌妒、她的酗酒、她的不安與激動，以及她漸漸發展的狂亂狀態[17]。白遼士與蕾琪兒（Marie Recio）的婚外情[18]更加重了哈莉葉的病情，她終於在1854年病逝。她過世前，有很長的一段時間因病情所致而無法行動，無法開口講話。

白遼士並非無視於哈莉葉生命中的悲劇性。在哈莉葉的喪禮舉行之後，他在《回憶錄》中寫下他的感受:

> 她聲名的迅速下跌……我們家庭中激烈的爭吵；她無法控制的忌妒……她被迫離開她的兒子；我經常的遠遊，她的痛苦，她的心碎；她已失去的美貌；她的疾病；她失去了語言與行動的內心折磨，沒有任何人能了解她；她長期面對死亡。我的腦殼顫抖，看到這命運的恐怖，可悲！（《回憶錄》461-462）

白遼士的「特洛伊人」是在哈莉葉過世兩年後，1856 到 1858 年之間寫成。當時他已經歷了一切。在這部格局龐大的歌劇中，以及其中多元異質的情感層面，我們聽到了白遼士自己內在分歧的不同聲音。白遼士是被命運與聲名牽引而不斷往前邁進的以尼雅，造成特洛伊城毀滅，對戴朵殘酷不忠；他也是眼見以尼雅的過錯卻無法阻止命運發生的卡珊卓；透過戴朵，他表達了哈莉葉的恐懼、瘋狂與對他的指責；透過安卓瑪姬，他呈現了哈莉葉無語的沈默悲傷。以尼雅便成爲身負愧疚之罪的主軸，串連起兩個悲劇，而這種愧疚是白遼士無法表達的，因而以尼雅的聲音也被壓抑。但是，透過以尼雅被隱藏的邊緣聲音，白遼士揭露了他壓抑而未講出的愧疚與懊悔，而透過卡珊卓與戴朵非傳統而不和諧的異質聲音，他完成了對大型歌劇史詩式的歷史聲音與大眾集體行為的批判，也完成了對以尼雅的批判。

此處，我們要如何討論文本中之主體與邊緣性他者呢？卡珊卓與戴朵是文本中的陰性她者，以遙遠而非傳統的異質聲音出現，顛覆籠罩全劇的集體框架，同時也因而是文本中的隱藏主體。而貫串全劇的行動主導者以尼雅以英雄姿態出現，卻是文本中被壓抑的邊緣聲音。我們能稱呼被壓抑而成為邊緣聲音的以尼雅為「陽性他者」——白遼士私下認同卻抗拒的他者嗎？我們無法將白遼士固定在搖動擺錘的一端，也不須將「特洛伊人」化約為兩個陣營的對立。事實上，多元而開放的文本本身便有多重流動轉換的主體，而不是兩個僵化意識型態的對抗。同樣的，我們在不同聲音的相對關係中聽到白遼士內在多重主體的辯證轉換，也聽到「特洛伊人」文本中多重主體的辯證轉換。

注　釋

❶ 米蒂亞的故事有幾種不同的歌劇版本：Mare-Antoine Charpentier's *Médée* (1693); Luigi Cherubini's *Médée* (1797); Johannes Simon's *Medea in Corinto* (1813); Giovanni Pacini's *Medea* (1843).

❷ This Sex Which Is Not One, 依黑佳蕾 (Luce Irrigaray) 在此文中說女性並不是單一的性別，此性包含多元成分，多種性別。

❸ 有關音樂中的論述距離與反身指涉成分的討論，可參考：Lindenberger's *Opera: The Extravagant Art*, Lawrence Kramer's *Music as Cultural Practice 1800-1900* (Berkeley: University of California Press, 1990), and Carolyn Abbate's *Unsung*

Voices.

❹ "The Difference of View" by Mary Jacobus, in *The Feminist Reader: Essays in Gender and The Politics of Literary Criticism,* ed. Catherine Belsey and Jane Moore (London: Macmillan, 1989), pp. 49-62.

❺ From "An Interview", in *New French Feminisms: An Anthology,* ed by Elaine Marks and Isabelle de Courtivron (New York: Schocken Books, 1981).

❻ "Sorties: Out and Out: Attacks/Ways Out/Forays" *The Feminist Reader,* pp. 106-116.

❼ Hector Berlioz's *Les Troyens* 完成於 1856～1858 年間，白遼士先根據維吉爾的史詩<以尼雅傳>的第一章、第二章與第四章，完成歌詞部分，然後才再寫譜。(David Cairns, History and Character of the Work, 64-69, Philips).

❽ Hector Berlioz, *correspondance generale, V, 1856-1860,* Paris: Flammarion, 1984.

❾ 當時法國喜歌劇院的經理抱怨這部歌劇過於冗長，而要求分開演出。白遼士生前沒有見到第一部分的完整演出。而第一部分與第二部分的完整首演是遲至 1969 年 Covent Garden 的演出時才得以見世 (David Cairns, History and Character of the Work, 64-69, Philips)。

❿ 我在<浪漫歌劇中文字與音樂的對抗、並置與擬諷>一文中曾詳細討論這種呈現兩種對立模式——例如明亮對黑暗、喜悅對痛苦——的浪漫特質。

⓫ 在戴朵死前，她預言她的子孫卡那寶將會帶領迦太基人與以尼雅的子孫世代作對。

⓬ 諷刺的是，在以尼雅與戴朵情深意濃時唱的月光二重唱「無盡喜悅的夜晚」(No. 37) 也是用此調性 。這三處是全歌劇中唯一用降 G 大調的音樂，但是其中串連起的情境卻使命運的諷刺無可迴避地浮現在音樂底層。

⓭ 笛卡羅 (Nicole Scotto di Carlo) 指出，「低音歌手的發音部位在最可辨識的範圍內，而只有四分之一的女高音歌手，五分之一的花腔女高音的發音是可辨識的。」(Travaux de l'Institute de phonétique d'Aix-en-Provence, *La Recherche,* May 1978, qtd. Poizat, p. 42.)

⓮ 阿貝蒂 (Carolyn Abbate)在＜歌劇——或女性的聲音呈現＞("Opera: or the Envoicing of Women") 一文中討論史特勞斯的歌劇「莎樂美」時指出，歌劇中的女性，如莎樂美者，時常兼有陽性與陰性特質，而作者的隱藏主體也透過她的聲音而流露。*Musicology and Difference: Gender and Sexuality in Music Scholarship,* ed. Ruth A. Solie (1993).

⓯ 當時一位藝評家曾寫道:「哈莉葉的演技動人，指引了 Madame Dorval, Frederick Lemaitre, Malibran, Vicor Hugo, Berlioz,…… Delacroix 的藝術道路。」(Jules Janin. qtd. in Berlioz's *Memoirs,* p. 464)

⓰ 白遼士另外有一部作品也與茱莉葉有關: *Roméo et Juliette, Symphonie dramatique* (1839). 坎普也認為以尼雅面對戴朵時所經歷的焦慮痛苦與白遼士和哈莉葉離異時的經歷相似 (Kemp 107)。

⓱ 在他寫給兩個姊妹的信中時時提到哈莉葉的低潮、忌妒、酗酒、壞脾氣。(Aeéle Suat, December 31, 1843, October 18, 1844, and to Nanci Pal, January 5, 1843, *CG, III,* pp. 148, 156, 202, and his letter to Nanci Pal, June 23, 1844, *CG, III,* p. 188.)

⓲ 賀羅曼指出，白遼士與蕾琪兒的戀情始於1841年中旬。白遼士在1842～1846 年間幾次出國巡迴演出，都由蕾琪兒作陪 (Holoman 283, 307)。

受難劇的激情：大眾傳播、電影工業與文化批判

就像是以爵士方式演奏古典音樂，在銀幕上飾演壯麗激情的女演員被剝除了華美的衣衫，回到了委屈求全的日常處境；不再是激情的目擊者，激情已變質，她們也如此。激情的冒險必須與世俗的樂趣配合。

阿多諾《大眾文化的結構》(59頁)

壹・受難劇的重寫版本：道成肉身的多重詮釋

受難劇是四福音書所記載耶穌受難，被審判、帶荆棘冠冕、釘十字架而死的事件(〈馬太〉26-27；〈馬可〉14-15；〈路加〉22-23；〈約翰〉18-19)。在耶穌受難日的一週內，羅馬教堂的彌撒中都包含有誦念受難經文的儀式。西元九世紀以後，經文草稿上開始可見得到標記，注明音高、速度、音量。這些標記區分福音書作者、耶穌與群眾的不同敍述，顯示在誦經儀式中戲劇化的處理已漸漸開始。十三世紀以前，受難劇皆由一人誦唱，十五世紀後才漸漸改變，由複音朗誦，並從間接引述轉變到戲劇化的直接語法，以新的同情態度代替早期的說教方式。「戲劇受難曲」中，福音書作者由單音唱出，群眾由複音唱出，而耶穌的部分在十六世紀後亦由複音唱出 (*Grove Dictionary of Music and Musicians* 276-285)。

這種演變是由單線觀點轉換爲戲劇多元觀點的發展。歷史中的事件被一再轉述，觀點一再變換。福音書本身的文字並不是歷史的據實記錄，而是使徒事後回溯的個人觀點與詮釋。四福音書的寫成與耶穌的受難已有年代上的差距，各福音書作者的觀點也大不相同。而各時代受難劇與受難曲的創作與演出，更顯出不同的觀點與詮釋方式。由一人的敍述，演變到多人的敍述；由間接引述，轉換到多次直接語法；由單音發展到複音。克莉絲特娃（Julia Kristeva）認爲西方文化在十三世紀到十五世紀之間發生了從象徵到符號的轉化過程，她認爲這是人們抵制抽象的概念，而以視覺化的形象符號代替的演變過程，因此，當時出現無數耶穌受難圖與聖母慟子圖的畫像❶。我認爲此時期音樂的複音發展也顯示出這種形象化具體呈現的要求。而受難曲中這種多重插入，製造了多重層次的論述，也製造了多種語言與文本的並置，不同語言帶出不同語法、不同態度與文化假設。

史懷哲（Albert Schweitzer）在討論巴哈的音樂時指出「馬太受難曲」中具有圖像的特質，他認爲耶穌受難的故事在巴哈的「馬太受難曲」中是以「一連串的圖像」（a series of pictures）呈現，合唱與獨唱加起來總共有二十四個戲劇性的場景（*J.S. Bach*, Vol. II., 210）。巴哈的「馬太受難曲」❷中的戲劇場景以三個層次的結構來鋪陳：一層是福音作者（馬太），講述事件發展的前後經過，一層是耶穌與當時身旁的使徒與群眾的對話，另一層是合唱，以事過境遷的回顧觀點歎息悲慟。每當故事進行到關鍵處，合唱隊悲切的求告便反覆出現，不斷要求事件中斷，要求自己能參與，並要一同承擔耶穌的痛苦。合唱隊以旁觀者的立場——也是受難曲演出時聽眾的立場——觀看耶穌與使徒及群眾對話的演出，只能觀看而不能參與、不能介入、不能改變歷史。

「馬太受難曲」的開頭就是合唱隊悲歎耶穌的受難，並且要求大家「看」耶穌的受難，他的「愛」，與大家的「罪」。「看」成爲十分重要的行爲式暗喩， 而耶穌的受難亦成爲一個符號， 一個空間中的視覺圖像，在公眾領域讓眾人觀看閱讀：看到受難——看到愛，看到罪，同樣的符號吸引出不同的內在經驗，不同的詮釋。而且，福音書中簡要的記載與間接話語，在「馬太受難曲」中成爲戲劇化的直接對話演出，中間再揷入詠歎調，反覆抒歎，福音書中原本只有一句話的記載，例如彼得「便出去痛哭」（〈馬太福音〉26 章 75 節）流露的哭泣的情感，在巴哈的「馬太受難曲」中轉化爲延續了七分鐘的詠歎調，反覆唱著「我的主，憐憫我，看看我的痛哭，看看我，我的心和我的眼睛都爲你流淚痛哭」。〈馬太福音〉中記載有許多婦女「從遠處觀看」耶穌受難的這一景（27章 55 節）。在巴哈的「馬太受難曲」中，當福音書作者描述耶穌被捆綁鞭打時，合唱隊中的女中音唱：「看，我們的救世主被綁在那裡，他們正在羞辱他、鞭打他、傷害他。迫害者，停止你的手！看到如此溫順承受苦難的人，你的心不會受到感動嗎？接納我的心和我的流淚與哭歎。」「看」與「流淚」這兩個主題便在巴哈的音樂中反覆出現。從福音書到巴哈，是中世紀到文藝復興的轉換，人的觀點與感情成分大幅度的增加。巴哈藉著音樂加入了人的慨歎，人的情感被詠歎調多次渲染重複，音樂的多層出現代替了簡單的文字，代替了神的語言。同時，更吊詭的是，音樂的反覆中承載的歌詞裡重複的「看」的動作更以具體的視覺經驗和視覺意象代替抽象的「道」與「眞理」。「道成肉身」——耶穌是神的道所用以展現的「肉身」，但他更是可「見」的「形象」。

巴哈的音樂中「看」與「流淚」這兩個主題也反覆出現在巴索里尼（Pier Paolo Pasolini）的電影「馬太福音」（*The Gospel according to Saint Matthew,* 1964）中耶穌受難的一景。巴索里尼一向認爲電影應該具有詩的特質；影詩合一，成爲他的基本觀念：cinema di poesia——詩的電影。他說：「電影製作一定是屬於語言的（linguistic），然後才談美學。」(Pasolini, qtd. in Liehm 243) 他也強調電影是意象的電影（film of image)。因此，電影語言可藉著影像的線條與重複出現而設定了內在如詩般的速度與節奏。巴索里尼善於使用全景鏡頭的緩慢水平移動，而使畫面中的線條自然構成詩的韻律（圖4）。而畫面中反覆出現的影像則亦如音樂主題樂念重現般帶出詩的節奏。例如〈馬太福音〉中耶穌受難一景「流淚的眼睛」的鏡頭(圖5)。這鏡頭重複出現七次❸，背景音樂是巴哈「馬太受難曲」中的流淚音樂，音樂中反覆的樂念與節奏，便配合著影像來表現這種親眼目擊與痛心流淚的情緒。〈馬太福音〉中記載許多婦女「從遠處觀看」耶穌受難的這一景，在巴索里尼的電影中亦持續利用遠鏡頭呈現「觀看」的距離感（圖6）。巴索里尼的電影版受難劇較之巴哈而言，是更進一步的接近大眾，更進一步的形象化，讓視覺意象全面的包圍觀者，文字幾乎完全隱而不用了。

由以上討論，我們看到了神的道藉著基督的肉身呈現，抽象的概念也是必須要藉著具體的文字與形象來傳遞。人們對於「看」的要求一再透過不同的藝術形式來表達。丹尼·阿崗（Denys Arcand）的「蒙特婁的耶穌」（*Jesus of Montreal*, 1989），與高達的「受難劇」（*Passion*, 1982）兩部現代電影亦利用受難劇這個傳統來演出他們對於電影藝術中形象化過程的批判。

圖 4: 巴索里尼善於使用全景鏡頭的緩慢水平移動，而使畫面中的線條自然構成詩的韻律

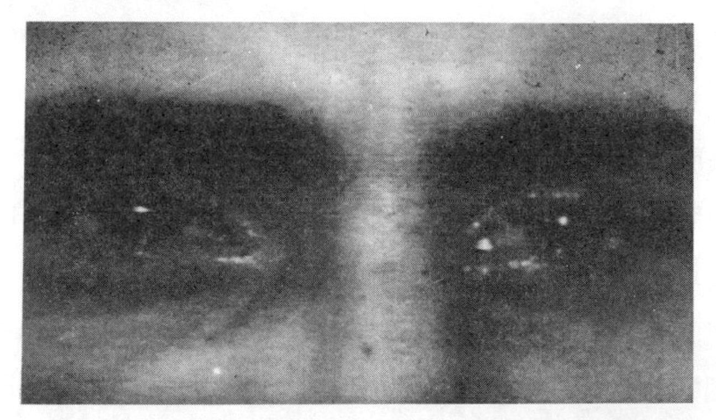

圖 5: ＜馬太福音＞中耶穌受難一景「流淚的眼睛」的鏡頭

圖 6: 巴索里尼利用遠鏡頭呈現「觀看」的距離感

貳・電影／宗教

在「蒙特婁的耶穌」中，丹尼・阿崗藉著擬諷耶穌受難的故事批判大眾傳播阻斷語言溝通的罪行。在這部電影中，一個年輕而無名的演員克倫應教堂執事之邀，和另外四個人組成了臨時劇團，要以現代化的方式演出這個教堂每年夏天上演的「受難劇」。原本的劇本十分簡單，只有幾行以宣敍的方式朗誦的經文：「耶穌被宣判死刑，正直的人會死亡，爲了我們的罪……我們的殺人、竊盜、姦淫，所有的罪都加在祂身上，沈重的木塊，沈重的十字架。」這些都是忠實地取自於《聖經》的經文。但是，克倫根據有關耶穌的各種古代文本的考據，以及各地有關耶穌的民間傳說，改寫這齣受難劇，例如耶穌是一名士兵潘提拉的私生子，後來因爲諧音輾轉訛傳，才成爲「木匠的兒子」；耶穌的畫像在拜占庭時代以前，並沒有鬍子，後來加上的鬍子，是爲了增加「力量」的緣故；耶穌在埃及時是個魔術師，會變各種戲法等等。扮演耶穌角色的就是劇團導演克倫，他在片中的處境，以及他最後因群眾暴亂而意外死在十字架上，都暗示他與耶穌的相似性。然而，他所面對的困境——誘惑、敵意、背叛、遺棄——不是撒旦、羅馬士兵、猶太群眾或神，而是大眾傳播的壟斷勢力、不懂藝術的觀眾，以及提供金錢卻不尊重藝術的籌辦單位。

大眾傳播以機械化分工系統無限複製符號——聲音與影像，以達到在大眾之中傳達訊息的目的。但是，在大量生產而誇張效果之下，導致意符膨脹，與內涵相涉而不相連的結果。片中有一景是克倫爲了延攬劇團演員，到某一個錄音工作室找人。錄音工作室中的工作人員正在爲一段已錄好影像的節目臨時加入配音，影像內容是色情片中的男女交媾，錄音的男演員必須一人兼飾兩角。很諷刺的是，錄音是虛假的表演與溝通，但是錄音複製出男女性交的音效處理卻幾可亂眞。此處的聲音符號似乎指涉眞實的關係，而且是激情的關係，但是製作過程卻不牽涉行爲、關係與感情，不同角色的聲音弄反了也沒關係。錄音室製造出的符號在此完全脫離人的生存處境，而成爲商業交換的物品。

劇團中飾演聖母馬利亞的女演員原來是拍商業廣告片的小演員。在她所拍的香水廣告「精力七號」(Esprit, No. 7)❹香水中，她自水中緩緩走向岸邊。廣告片導演要她的動作放慢，要像空氣一般輕盈，要有微風的感覺，就像是生命的產生。這令人想起代表神與代表生命的氣息，也想起代表愛的維那斯在水中的誕生。但是，此處是虛構的場所：不是生命的海水，而是都市中高樓環立之間的噴水池；不是愛神維那斯，而是初出茅廬的廣告演員；不是帶來生命的氣息，而是僅供消費的香水。「聖靈」成爲商品，而廣告提供的慾望刺激不是愛的滿足，而是一千零一種的購買與占有。

片中另一個避孕藥的廣告則是「無垢聖母」神話的改寫。這廣告以性感的肉體、百老匯歌舞與俊男美女作爲賣點，以無憂無慮的性愛作爲廣告訴求。聖母馬利亞的無垢與現代女性的無垢成爲有趣卻諷刺的對比。廣告片的導演要求飾演馬利亞的女演員也脫去衣服，在所有片商與製片人面前展露軀體，以供他們決定是否符合商業條件。這種以商業利益爲導向，物化女性，以女性軀體作爲交易物品的廣告行爲，完全不尊重個人。飾演耶穌的克倫怒而搗毀攝影機與電視機，推倒桌椅，就如同耶穌在耶路撒冷的聖殿所看到商品買賣與銀錢兌換之後的行爲一般，他要以一人之力糾正全世界的錯誤，中止聖殿中金錢交易的商業化發展。

大眾傳播的資訊傳遞迅速而勢力廣傳，在克倫的「受難劇」成功的演出之後，隔天各廣播電臺與電視臺立即播報這條新聞。有意思的是，新聞記者在克倫演出後對他所說的話和他們對任何其他演出所說的話完全一樣，絲毫沒有眞實的感動；而他們播報新聞時，在鏡頭跳接呈現之下，兩個播報員所提供的資訊卻大相逕庭，無法區辨孰是孰非。語言的溝通功能嚴重被質疑，甚至連面部表情都可以是虛假的。電視新聞播報員在微笑地播報新聞與介紹廣告之後，仍可以在鏡頭前保持十秒不變的笑容，然後瞬間收起笑容。

雖然如此，或許正因如此，大眾傳播提供的誘惑是：只要熟知其中竅門，便可以擁有整個城市，整個世界。向克倫提出各種未來發展建議的法律顧問兼經紀人便說，電視、雜誌、收音機與電影都是大眾傳播的媒介，如果他要成名，只要讓自己成爲話題人物，甚至話題都可以由別人提供，故事劇本由別人撰寫，想出書也可以由別人代爲完成，由會寫卻沒錢沒名的人代寫。一切照流行走，都是形象的營造，都是廣告的手法，連慈善事業也是如此。好意與善行只是形象。最諷刺的是，克倫死後，教堂爲了募款而透過法律顧問與經紀人的斡旋，把克倫畫成像是搖滾歌手一般，放大製成看板，貼在地下鐵車站的整面牆壁上。放大的形象成爲招徠信徒與募款的噱頭。

丹尼・阿崗在「蒙特婁的耶穌」所批判的便是這種脫離意義、與眞實感情無關的符號製作。影像與聲音被大量複製，以便能接近群眾，但是這種不具有溝通作用而到處氾濫的符號都只是交易的商品，物神崇拜(fetishism)的對象。不再有眞實的情感，也不再有藝術的宗教。

電影藝術在大眾文化之間，就像是「道」(the word)與「肉身」(the flesh)，或是耶穌與群眾之間一樣，存在著無法化約的辯證距離。電影藉著具象化(embodiment)的過程，透過可見的身體，向觀眾展現原本抽象無形的概念。但是，一旦來到了群眾之間，群眾的品味便施展出它專斷的暴力，爲要求感官刺激，而選擇巴拉巴，犧牲了耶穌。耶穌爲了祂對大眾的愛(passion)而受難(Passion)，而祂的受難又成爲大眾觀看(spectacular)的激情(passion)演出。這就是本文要討論的「道成肉身」／藝術「成形」，以及耶穌 —— 藝術與大眾之間的辯證難題。

高達的「受難劇」❺ 也是利用耶穌受難的故事爲基礎所發展的電影。但是，這部電影的故事線十分隱晦。表面上是一個波蘭籍導演傑爾西要拍一部「受難劇」，卻因爲光線不對，進度一直延擱而無法拍成，但是他在片廠拍的卻與受難劇無關，而是幾幅林布蘭（Rembrandt)、果亞（Goya)、德拉克拉瓦（Delacroix)、葛雷柯（El Greco）的畫作，他反覆讓走動的眞人擺出這些畫中人物的姿態。同時，影片不斷從片廠跳接到工廠中女工的工作與罷工的行動。雖然這兩個空間從來不重疊，而且都和受難劇無關，可是，受難劇中的處境與字眼時時在人們的對話中無意地帶出來。

一個例子是工會討論罷工之事。主導罷工行動的女工依沙貝說：雖然他們不是機構性的組織，也要寫下宣言的文字，戰爭的宣言。宣言像是愛情一樣，要寫下來，以便能「看」得見。他們要抗議的是有關「清潔劑、暖氣設備、員工餐廳裡的肉，和工作」的不良條件。但是音軌上的訊息卻十分複雜。畫面上是依沙貝和爺爺的談話，爺爺說：「弱者是正確的。」依沙貝說：「這是上帝允許的。」而畫面外不同人的對話與唸書的雜音卻插進來：（談勞動者階級之夜的書），（責任），（企業），（震憾全世界的告白集），（五月），（人民的貧困與享樂），（黑手黨），（馬利亞……強忍住吶喊的女孩，看見自己心愛男人的血），背景音樂配上莫札特「安魂曲」的序曲。在特意拖長的安魂曲序曲背景之下，女工們討論即將開拍的片子「受難劇」。音軌上的討論一直繼續，但是，銀幕上輪替出現的卻是幾個沈默的女性面孔。此處，勞工的處境與耶穌受難和馬利亞悲痛的處境被平行處理。而工廠在片中眞正代表的意義便成爲主要的問題了：是誰的受難？誰是耶穌？誰是馬利亞？在這個受難劇的環節中，工廠的作用是什麼？

另一個類似的例子是在片廠中的一景。音軌上的音樂是：「愛不分年齡」。音軌上的獨白說：「弟兄們不要恨了，而是要如何活下去。」「對弱者而言最偉大的便是神的愛。」「我們會在這裡被吊死，會被陳屍示眾。」導演傑爾西與工作人員討論工作進度：光線不行，又擔心沒錢發薪水。「語言是用來解釋語言的。」「你在等待奇蹟從天而降嗎？找不到光，那就準備發現吧！」此處音軌上的話語呼應《聖經》裡的話語，「吊死」、「陳屍示眾」、「擔心流血事件」以及「要回家了」都預示耶穌受難被釘十字架的時刻。但是，音軌呈現的聲音不像是導演傑爾西的聲音，因而在此可看出，疊現於現場活動之上的決定力量是多重的，似乎《聖經》故事、片場運作、電影史等多重論述在此並置而交織。最後傑爾西結束拍片，回到他的國家。飯店女老板漢娜要找他，在「羊群中」找傑爾西，卻聽說傑爾西已拿了「雕像」離去。飛機場的 TEL 霓虹燈在黑夜星空閃爍，似乎是在地面的人要藉著長途通訊系統與神溝通。音軌出現不知是誰的話：「你沒聽到我的話嗎？」這像是耶穌死前說的話。拍完了片，大家都要回家，乘著汽車回家，戲稱乘著「有翅膀的」車，像是回到天堂。

上述這些零散的訊息都是耶穌受難事件中的片段，可見高達有意影射電影與耶穌的關係。導演傑爾西在片中一直要尋找光線，就像是尋找神，使神顯出人的形貌、顯出影像。高達自己也說，在這部片子中人們會「看」到受難過程的片段（Godard, Passion〔Love and Work〕, 128)。高達自稱他對宗教的興趣源自於他的家庭和他的文化背景，可是，他也說：「實際上，讓我感興趣的不是宗教，而是信仰。像我對電影的信仰……我不說上帝，而說神諭、福音和凡身肉體（the flesh）。」（MacCabe 219）高達說「受難劇」是一部「光之史」（l'histoire de la lumière）、「影像之史」（mom histoire d'image），討論影像的「罪惡」（Godard, Le Chemin vers la Parole, 9）❻。因此，高達在片中藉耶穌的受難來討論電影的受難。耶穌是神的話（word）之「道成肉身」，要經過具像化的過程才能爲世人所見。耶穌來到群眾之中，與群眾對話，並展現奇蹟，讓眾人「目睹」。但是，耶穌被群眾所迫，必須受難而死，才能成爲聖靈。電影也是如此。

高達藉著他在八〇年代時常用的「藍天白雲」的鏡頭討論耶穌「道成肉身」的神話，與藝術「成形」的問題（圖 7）。在高達近年來的許多片子中，例如「人人爲己」(*Sauve qui peut* 〔*la vie*〕, 1979)、「受難劇」(*Passion*, 1981)、「芳名卡門」(*Prénon Carmen*, 1982)、「向瑪利致敬」(*Je vous salue Marie*, 1983)，以及「神遊天地」(*Soigne ta droite*, 1987)，都有這個重複出現的畫面：或是鏡頭從地面上或是從屋內透過玻璃門窗往上照攝，或是從飛機中透過窗子往外

圖 7：高達藉著「藍天白雲」的鏡頭討論耶穌「道成肉身」的神話，與藝術「成形」的問題

照，背景是藍天白雲。「受難劇」的片頭是鏡頭在黑夜裡照攝天空中穿過雲層而遠去的噴射機。這鏡頭是高達自己用手提式攝影機拍到的畫面，他要試驗這種攝影機取光功能的極限，若在夜間也可以採取影像，而且是透過他自己的眼睛取景採框，這種影像的呈現形式便比較是他自己能控制的形式。他看到的也是他要採用的影像。但是，除了光的試驗之外，藍天白雲之間是什麼訊息呢？更重要的問題是，要如何藉具像化的形體在人世展現？高達自己說:「雲在我們運鏡的方式之中,在我們的思想中。」他時常在尋找，在雲中尋找思想、尋找語言、尋找視覺意象，然後寫作❼。在1992年紐約現代美術館展覽高達電影之前,《紐約時報》登載的高達訪問錄中，高達說:「我相信我來自別的地方，或許是外太空……我必須到地球上……在那裡，我必須去發掘揭露一個影像，屬於我的影像，而電影使得我能夠如此做。電影像是雲層，阻隔在現實之上；如果我的電影拍得對，我就可以在雲層之間，看到底下的事物、看到我的朋友、我的同伴，我是誰，我來自哪裡。」(Godard in Riding's "What's in a Name if the Name is Godard?" *New York Times*, Oct. 25, 1992, 11) 高達要說的是：他的思想屬於另外一個空間，他需要藉影像呈現自己。德勒茲 (Gilles Deleuze) 也認爲高達在創造的是一種「身體的電影」(Cinema of the body, 193)，人不能住在天空中，不能沒有形體，我們必須借助肉身，「在文字與名字之前，將話語賦予肉身」❽(173)。

片中導演傑爾西說「語言是用來解釋語言的」。對高達來說，電影是導演所用的語言，用來解釋人類的語言，或是解釋神的「話語」。既然找不到神，無法以神的方式說明神的話語，便必須自己發明神、發明語言，來說明神的話語。同樣的，電影的宗教已經淪喪，電影的神隱藏在黑暗中，每一個電影導演都必須自己發明光線，發明自己的神，自己的電影語言。電影導演尋找光線，試驗不同光源，在完全黑暗之中，質問光線是否會在水底：光線決定影像出現的方式，給予外型輪廓，附加色澤質感，就像是神決定人存在的方式、賦予意義、操縱長短一般。漢娜和傑爾西討論語言的問題，她說她不懂片中用的語言，她不會波蘭話：「有形容詞和動詞」，所以不能演。不同的藝術形式是不同的語言，像是不同國家的人民所用的不同語法、詞性變化和發音。漢娜是電影工廠老板的太太，也是飯店的主人，代表商業電影，她不會傑爾西所要求的這種語言、這種藝術形式、這種思考模式。她演不出這場戲。

因此，高達的「受難劇」是一部對電影語言作後設批評的聲影呈現。對高達而言，思考、寫作、批評、拍電影都是相似的工作。他說：「寫作本來就是一種拍片的方式……當我開始拍電影時，我只是沒有把批評寫下來 — 我把它拍下來。」(*Godard on Godard* 171) 在這部電影中，高達利用電影語言本身的反身指涉，也利用音樂符號及繪畫符號交互替換，討論從盧米耶兄弟創始的電影❾到電視的普及以來，電影工業的發展與電影語言的困境，並提出他對電影工業的文化批判與他的電影美學。更具體的說，在此片中，高達採取阿多諾 (Theodor Adorno) 對文化工業 — 亦即是大眾文化 — 的批判態度，提出他對電影工業的文化批判；同時，他也回應阿多諾對電影藝術形式的質疑，而提出他自己的電影美學。

叁・高達「受難劇」的文化批判與美學理論

Ⅰ.對電影工業的批判

在 1980 年出版的《高達：影像、聲音和政治》一書中，馬克開布 (Colin MacCabe, *Jean-Luc Godard: Image, Sound & Politics,* 1980) 便指出，高達一向關心的是電影系統的兩個層面：「一個是影片的財務，即如何生產（製作）、分配（發行）的問題；另一個是構成影片本身的聲音與影像如何組合的問題」(24)。高達「受難劇」正是此論點的展開。攝影棚與工廠的跳接換喻，指出工廠即是攝影棚，製造電影的工廠。電影工業的「全面分工的方式」、「大量使用機器」，以「科技模式操作」、「勞工與生產方式隔離」，以及「產品規格化與標準化」，這些都是阿多諾在〈再論文化工業〉（Culture industry reconsidered）一文中檢討大眾文化與電影製作過程時所批評的文化工業現象(87)，也是高達在「受難劇」中對電影工業所提出的批判。高達一向不滿攝影棚制度下的分工系統，他時常抱怨他的燈光攝影師會為了某些攝影禁忌而裹足不前，甚而會告訴他：「不要做這一景，我沒辦法打光……；叫你的演員不要走得那麼快，那樣我可能必須重來。」(*Godard on Godard*, 31-32) 他怎麼看和燈光師怎麼看之間的不一致反映了藝術創造的困擾❿。高達批評美國電影製片業的分工方式，原本沒有的工作，如腳本撰寫者，也被美國創造出來（Godard on Godard 183-184)⓫。腳本撰寫、攝影、燈光、音效、道具、演員、配音，各司其職，在這一條龐大的生產線與操作體系之中，個人無法決定藝術成品的完整性與一致性。片中依沙貝面對龐大堅固的鋼鐵機器重複操作同樣的工作，無法掩飾面部的疲憊與無聊，這就是攝影棚分工制度下的個人處境。

電影工廠除了分工制度外，同時也以攝影棚內統一的規格大量生產產品。「受難劇」中一景模擬林布蘭「夜巡圖」(*The Night Watch* 1642) 中的構圖與打光（圖 8），並討論電影攝影棚中的不自然光的缺點。音軌討論:「照明太亮了點，由左到右，上至下，前面到裡面，這畫根本不像夜景而像日景，該是太陽沒入地平線的光吧？」鏡頭然後在畫面上每一個發光的臉、槍托、帽沿與陰影之間移動。林布蘭畫中著紅衣者上翹的帽沿移接到身旁一人低垂的帽沿。音軌討論：「特別是陰影

圖 8：「受難劇」模擬林布蘭「夜巡圖」(The Night Watch 1642) 中的構圖與打光

間的光線，在紅衣的男子和黑衣的上尉之間的光和周遭的控制，如今被破壞了；即使特別注意，仍然有突然變強的憂慮存在，而破壞了整張畫。」高達不喜歡攝影棚的光線，他喜歡用自然光。他批評美國片的做作與過度人爲的誇張打光，他認爲美國製片工業使得同一公司出產的片子「一律呈現同樣的攝影品質、同樣的道具與同樣的導演風格」，他特別舉的例子就是福特公司與米高梅公司（MGM）（Godard, *Cahiers du Cinéma*, Vol. II: The 1960s, 174)。而片中這一景模擬林布蘭的畫正影射美國派拉蒙公司的導影狄米爾（Cecil De Mille）用誇張的人工照明手法拍片，明暗差異十分突兀，而派拉蒙公司以「電影史上第一部以林布蘭明暗對照法拍的片子」作爲電影廣告宣傳，結果票房大漲。

阿多諾在定義文化工業時指出「文化工業」這個名詞更能表達大眾文化的特質，因爲大眾文化以工業生產行銷的制度，製造標準化與規格化的產品，大量生產分配推銷給大眾。美國米高梅公司出品的西部片是阿多諾舉的「物品的標準化與規格化」的例子（Culture industry reconsidered, 87）。物品的標準化與規格化特別可以在類型片中看得出來。美國電影工業會爲了適應商業市場導向與大眾口味而決定拍片路線，並製造一系列類型片，例如西部片，這是高達最常批評的對象。甚至在去年的訪問談話中，高達還說:「要求電影必須要有商業市場,要有大量的觀眾，這都是美國製造出的神話與謊言。」(Riding's, What's in a Name if the Name is Godard? New York Times, Oct. 25, 1992 11）商業市場與大眾品味是迫害電影／耶穌的「群眾」。在這種商業交易的體系之下,影像成爲交易的「物品」，而不是溝通的符號，人們以「物」爲崇拜對象，以近乎集權的方式要求明星的演出、要求「標準化」的俊男美女、要求「公式化」的情節、要求阿多諾所謂「疏離的享樂時刻」(31)、「物的完美無垢」（immaculate）、「物的購買」，並「依公式聽（看），物化音樂，大眾之聽（看）退化而回到嬰兒期，放棄自覺觀看的能力，全面的遺忘，不集中注意力的聽（看)。(“On the fetish character in music,” 41)如此，大眾文化／文化工業假借把藝術與大眾的距離拉近之名，展開另一種壟斷與專制的體系，剝奪人們自主選擇的機會，一再以公式化的方式閱讀或聆聽，使藝術成爲商品，以崇拜偶像的方式膜拜物品。耶穌要除去人們偶像膜拜的商業行爲，甚至要帶走「雕像」，以杜絕群眾對「物」與「偶像」的迷戀與膜拜。

在「受難劇」中,金錢的討論從頭到尾不時出現,占據音軌。電影中義大利製片商與電影工廠老板不斷和導演計較拍片所花費的金錢，並限定他在幾天之內結束。工廠老板不肯簽支票，導演也發不出薪水。片子中談到德拉克拉瓦所畫的士兵、老虎、花,而銀幕上也出現對等的畫面,只是老虎被置換爲工廠老板,這是極爲幽默而間接的處理,電影工廠老板對所有電影工作人員的控制與剝削如同老虎吃人一般。電影的製作過程一向受到資金的限制。高達時常抱怨他被要求在三週或四週之內以一樣的資金完成任何形式的電影。片中攝影師和傑爾西討論：「義大利撤退之後，要轉向美國（商業電影）嗎？」美國的米高梅公司要提供傑爾西資金和備用光源，但是他不願去。老板不給錢，他寧可結束拍片，回到他的國家，也不願意到美國。片中有一景在餐廳中，電視播映田徑賽跑的畫面，餐廳中有人繞著大家邊跑邊喊「支票，我的支票」。一個父親問他的小女兒：「破產了怎麼樣？」女兒答道：「是愛的詩篇的開始嗎？」在這部電影中，高達似乎要說，必須脫離電影工廠與文化工業的控制，不顧商業市場，新電影才會誕生，那也就像是耶穌的死而復活、愛的誕生、藝術的誕生。

但是，新的電影語言要如何才能誕生呢？高達認爲應該以革命的方式顚覆傳統的電影語言。但是，高達所謂的革命不是行動的，而是形式內的。「這不同於流血時代，他是理想的革命家」⑫。這是指耶穌，也是指電影導演，或是高達自己。高達說：「示威遊行多麼像是電視一般：他們很輕易的傳達某些訊息，但反而因此什麼也沒有傳達。只有當你將聲音和影像加以分裂、瓦解時，只有當你聽不到任何聲音的時候，這時才會弄淸楚原來還有某些事情並沒有溝通淸楚，這時才有可能用心的去聆聽……參與到（不管是政治或電視的）體制化形式裡頭。輕易的溝通（或傳達訊息）所付出的代價是什麼也沒有溝通（或傳達）。」（《法國／旅程／迴程／兩個／小孩》，MacCabe 184）⑬也就是說，高達要透過顚覆傳統聲音、影像以及文字之間的穩定關係，展開內在形式的革命，讓觀眾參與意義建構的過程。只有觀眾用心的參與、質疑、否定、重新建構，他才不會被放在一個被動而沈默的角落，失去語言的權利與能力。阿多諾批評大眾文化會否定了觀眾自主與選擇的機會，特別是電影。「影片膠捲平順的從放映機的輪盤上不停的轉動，觀眾在銀幕上看到連續不斷的攝影畫面，這些畫面已成爲客體。觀眾完全無能參與干預」(The Schema of mass culture 62)。而這種被動與物化的觀看模式正是高達利用電影藝術內在的革命與顚覆來向傳統電影宣戰的對象。

Ⅱ.電影的反身指涉與辯證語言

德勒茲 (Gilles Deleuze) 在他討論電影時間影像一書《電影 II: 時間影像》(*Cinema 2: The Time-Image*) 中，分析在電影中出現的繪畫、鏡子、卡片、電視螢幕等，都像是鏡像反影所製造的複製影像，是電影中的後設語言，是眞實與虛像的並存，是影像的解放與捕捉 (Deleuze 68)。德勒茲認爲跳接並置的影像也是一種鏡像反影，也是一種複製(76)。他分析高達電影中的「無理的跳接」(irrational cut)，會產生「不屬於前後影像的新的邊際，新的意義」。而這種無理的跳接會「使思考的力量轉移到思考中的無思考與無理性的那一點上，在這世界之外，卻同時能使我們重拾對這個世界的信心」(181)。

高達在「受難劇」中大量使用具有反身指涉功能的「鏡像複製」語言，檢討電影形式的難題。「受難劇」中有一景是漢娜與三個電視監控螢幕並置的畫面，而這個畫面又與談論製片花費的音軌以聲音蒙太奇並置，這一景又幾次跳接到片廠之景，以及片廠內隨著演員漫無目的地走動的攝影機。此處，電視螢幕、錄影帶，和攝影機都是反身指涉電影語言的鏡像複製，而影像的跳接也以複製的方式強行拉近漢娜與片廠的關係。另外，片頭一景從女工依沙貝面對機器重複操作的枯燥工作，跳接到片廠中人物走動歸位到林布蘭畫中原畫的位置，畫面再跳接回依沙貝打呵欠的疲憊表情，她的身形被龐大堅硬的鋼鐵線條所包圍。片廠之景的音軌上討論的是繪畫史／電影史中的光線與構圖的問題：「打光是否太亮了？」「構圖有漏洞是會失去平衡的，最好不要太密切注意於構圖或畫，像林布蘭的畫，該看他的唇和眼。」鏡頭立即從畫中人物臉部特寫跳接到女工的臉部特寫，她的唇和眼，依沙貝面部表情的無奈以及占滿音軌的機器運轉聲。配合著機器聲，依沙貝自語：「上帝啊！爲什麼拋棄我呢？」依沙貝在工廠的工作、電影的製作，與耶穌的被遺棄與受難在跳接並置之下被對等起來。

如此，高達利用各種鏡像複製、跳接、電視螢幕、錄影帶、攝影機、製片場、林布蘭、果亞、德拉圖、德拉克拉瓦的畫、莫札特的音樂，不斷反覆捕捉與解放影像，複製虛像，指涉並檢討電影語言中(一)光與影的問題，(二)影像的虛構模擬，(三)顚覆傳統的視覺經驗，以及(四)聲與影的辯證關係。

一、光與影的問題

「受難劇」片頭複製林布蘭的「夜巡圖」一景中對光線與陰影的討論，接著下一段，又有追隨透過樹林射出的太陽光線而快速移動的鏡頭，這些都標明出「光」在電影語言中的重要性，也是高達在這部片子中要討論的主題。光線在馬加利的臉部特寫造成從明到暗再到明的變化，依沙貝在餐桌前搖動吊燈造成光線明暗之間的轉換，女工們談話時不同的光源（背後射來的光，正面打光），以及依沙貝拿燈爲女工們打光之畫面跳接到片廠的燈光(圖 9)，都是高達反覆指涉電影中的光的問題。

依沙貝打光的畫面很明顯的是「引用」了德拉圖（De la Tour）的畫（圖10）。對於畫家來說，「光」是繪畫語言中處理空間的重要元素。如何能在有限的平面空間——畫布——之內創造無限的想像空間，便是畫家對自己最大的挑戰。繪畫史上不同時期對光源的處理截然不同：中世紀宗教畫象徵的以「光」代表神，畫面上隨處都可以是發光體，可以有光環，和連接神與聖徒的有形的一線光；德拉圖的畫則利用燭光爲唯一的光源，試驗畫面上的效果；林布蘭更喜歡處理黑暗，處理陰影，他畫中黑暗處深邃幽緲的空間感更爲吸引人。「光」對電影與對繪畫同

圖 9: 依沙貝拿燈為女工們打光之畫面跳接到片廠的燈光是高達反覆指涉電影中的光的問題

圖10: 依沙貝打光的畫面「引用」了德拉圖 (Da la Tour) 的畫

樣的重要，也是電影導演必須一再實驗的語言。傑爾西說:「光沈到底，就是從夜晚的黑暗中出來了，眼睛看不見的是在光的底處。」傑爾西不斷試驗光、尋找光，像是尋找神。〈約翰福音〉中記載，「太初有道，道與神同在，道就是神……生命在他裡頭，這生命就是人的光。光照在黑暗裡，黑暗卻不接受光」（一章 1 - 5 節）。在拍「賴活」（Virve sa vie, 1962）時，高達曾說拍那部片子的經驗好像要在夜間拍照，把井底的影像照亮 (*Cahiers du Cinéma* 138, qtd. *Godard on Godard* 185)。在黑暗處尋找光、尋找語言的形式，就像是神的道化成肉身，以形體具象化而彰顯神的話。傑爾西說：「找不到光線，那就發現光線吧。」傑爾西不要拘泥於製片廠中的光線，他乾脆切掉光線，在黑暗中，看水中的星星、看兩極對立、看男女的關係、看愛情。

二、影像的虛構模擬

然而，「影子並不存在，都只是光的折射。」音軌上的對白如是說。畫面上我們看到攝影機隨著人們走動，騎士在白色模擬建築物之間走動。

建築物像是蒼白遙遠而不眞實的房屋，和人的身材大小比起來顯得太小，很明顯地是假的構築物，這是電影虛構現實世界的複製過程（圖 11）。而士兵騎著馬匹繞著建築物走動，使得眞實與虛構的對比更爲強烈。在建築物與馬匹士兵之間，人物排列出畫册內德拉克拉瓦的「十字軍入侵君士坦丁堡」中死者家屬的悲慟以及要保護妻女的急切，這景象像是時間中凝結的一霎，穿越歷史，一再如是出現（圖 12)。士兵騎著馬匹的眞實動作反而顯得十分笨拙與不搭調。電影中，人物都是虛構的，都是光／神／電影所模擬的眞實，所謂擬態（simulacrum）是也。片頭複製林布蘭的「夜巡圖」一景的音軌中有以下討論：「這並非欺騙，而是想像，雖然不是事實，但也並非全然不眞實，總是在與外界隔離，以及經過深思熟慮之後，才幾乎形成的事實。」寫實是謊言，觀眾必須透過電影中這些模擬的假相，虛構的眞實，來建構意義，「幾乎形成的事實」。

三、顚覆傳統的視覺經驗

要如何面對這些虛構的假相才不致被矇騙？高達建議要解消它，像解消對偶像的膜拜，對物的迷戀。「受難劇」中有一景是漢娜的特寫，她的臉部與透過車窗外另一部車子上的字「全部」（TOTAL）與「正常」（NOMALE）並置（圖 13)。漢娜是傑爾西的情人，傑爾西對漢娜的迷戀影射他受控於傳統商業電影的集權壟斷（totalitarianism)，與對「正常」畫面的迷戀。但是，他發現：「影像的力量是，不論你如何去幻想，當欠缺思想的關係時，就會覺得又遠又空虛。」若影像不具有思想的力量，影像便是空的。因此，他要解消它。有一景傑爾西反覆倒放錄影帶中漢娜的影像，靜止畫面，快轉，慢轉，用一切破壞影像的方式來解消他對漢娜的迷戀，並且重複說:「忘了她。」

但是，高達說他並不是破壞影像，而是要「進入影像」，要「穿過影像的內部」，要從「影像的另一面看」，而不像其他電影只停留在外面，

圖11： 騎士在白色模擬建築物之間走動，建築物蒼白遙遠而不眞實，和人的身材大小比起來，很明顯地是虛假的構築物，這是指涉電影虛構現實世界的複製過程

圖12： 片中人物排列出畫冊內德拉克拉瓦的「十字軍入侵君士坦丁堡」

圖13: 「受難劇」中漢娜的臉部特寫與透過車窗外另一部車子上的字「全部」(TOTAL)與「正常」(NOMALE) 並置

只呈現反影 (Godard, *Cahier du Ciněme* 194, reprinted in *Cahier du Cinéma* Vol. II: The 1960s, 296-297)。高達要破壞的是傳統觀看影像的固定模式。片中女工們討論罷工與革命問題的一景中，背景是莫札特 安魂曲的音樂， 畫面從依沙貝持燈打光 跳接到片廠的燈光， 果亞所畫有關革命的畫 (Third of May 1808 in Madrid: Executions on Principe Pio Hill, 1814)，果亞的裸女 (The Nude Maja, 1800)，女士與狗 (Goya, Duchess of Alba, 1797)，以及臺下排出果亞所畫皇室家庭的畫面 (King Charles IV and his family, 1800) 和背景臺上唱詩班的背面 (唱莫札特的安魂曲)，電視監控螢幕上複製出的畫面，而背景安魂曲音樂仍然間歇出現 (圖14)。此處藉著鏡頭的跳接與移動，以及人物的走動、眨眼，解放了繪畫中凝固的片刻，並且「並置」了中上階級的仕女貴族與爲革命而捐軀的死者，

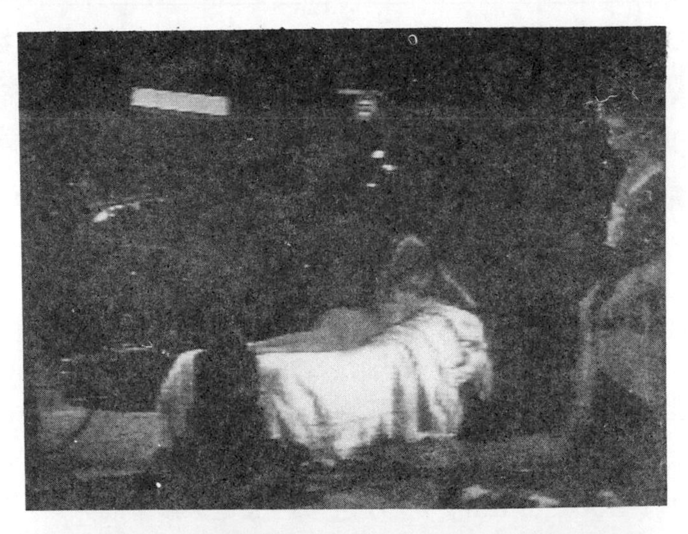

圖14： 片中複製果亞所畫的裸女（The Nude Maja, 1800），
女士與狗（Goya, Duchess of Alba, 1797）

以及爲死者唱安魂曲的唱詩班。安逸、舒適、皇室的專制、被凝視而固定凍結的裸體女子，與另一個走動的女子靠近血流滿地的屍首，兩者之間呈現強烈對比。女工們談論的革命是電影的革命，電影爲要顚覆傳統商業電影的專制而革命， 要解消被凝視而固定的影像， 不惜以死爲代價。

四、聲與影的辯證關係

在商業化的電影產銷體制之下，除了影像會被固定之外，聲音與影像之間的組合關係也會被固定。電影工業慣常以劇情片（Fiction）與記錄片（Documentary）作爲主要區分電影類型的方式。馬克開布也指出: 在「虛構」類的劇情電影中，觀眾看到的多半只是影像，聲音只是畫面影像的「配音」; 而在記錄片中，現場採訪者向觀眾訴說眞相，聲音具支配性地位。 畫面只是配合聲音， 用來肯定聲音所傳達的概念(25)。觀眾對這種畫面上的影像與背景對話音樂的組合方式不疑有他，習慣性的接受，很安適的被固定在座位上，根據公式來閱讀。可是，高達要以辯證與鬥爭的方式顚覆這種傳統的組合⓮。高達說，聲音可以獨立於影像之外，尤其是音樂，音樂有自己的「生命與世界，像是車子或是街道， 是活的元素」。 他絕不會要史特拉文斯基爲他譜背景音樂(*Cahier du Cinéma* 171, in *Godard on Godard* 234)。而且，他處理音樂從來不是單純無意的。早在「艾爾發城」(*Alphaville*, 1965)中的音樂處理便已是如此。 他說那部電影中 的音樂與影像「以對位並行，音樂甚至可以否定影像。音樂是來自外面的世界」(*Godard on Godard* 233)。他利用 1982 年拍的「芳名卡門」(*Prénon Carmen*)對劇情片與記錄片的區分大加嘲弄，同時，他也用十分辯證的方式處理片中音樂和敍述的關係⓯。在「受難劇」中，女工討論罷工一景，音軌上的討論一直繼續幾個很大的題目: 革命、宣戰、淸潔劑、工作環境，但是，銀幕上輪替出現的卻是幾個與音軌對不上嘴的女性面孔。我們聽不到她們個別在說什麼，這種「沈默」令觀眾懷疑她們所說的話是否已被有意地置換，也警覺到影像與聲音之間虛構而薄弱的關連。

五、「愛的詩篇」

破產的話怎麼辦？
那就是愛之詩篇的開始。

依沙貝說工作和愛情相似：「搖動和做愛相似，只是速度不一樣。」工作、攝影、愛情，都需要眞正的創作、眞正的熱情、眞正的生命力。高達說：「我正在尋找一種眞正的創作，一種有生命力的創作……電影、書或音樂都是創作……是來自虛無，但他們有了一種關係……現在，我知道，如果我要拍一部電影，那就是要說出我自己正在作什麼，但同時也藉此而給別人一點東西，好像他們多了解我一些。但是，在「正規的」生產過程裡，我確知，工作裡已不再有愛情。工作應是假定以愛來完成的，工作是愛的果實，愛是工作的產品」(MacCabe 124)。電影中傑爾西說對於語言要以「愛」來掌握：「並不是知道（comprend）就好了，而是要抓住（prend）其意義，去愛人，才是最重要的。」耶穌爲愛而受難，但祂的死卻是愛的展現，另一種誕生。影片中依沙貝和傑爾西的做愛與片廠中模擬葛雷柯「聖母昇天」（The Assumption of the Virgin）的畫跳接（圖 15）。導演傑爾西拍片到 12 月 25 日爲止。此處，耶穌受難、耶穌誕生、耶穌復活、聖母昇天皆重疊於一點。當導演與依沙貝在床上做愛之前，兩人先後複誦「安魂曲」中「羔羊經」的經文。經文出現時，銀幕上是依沙貝的身影，前景黑暗，只有背景黃色立燈光源，依沙貝的口吃仍然明顯，但是她努力的誦念「羔羊經」，祈求神給與安息。男聲誦念「羔羊經」時，影像不變，只偶而跳

圖15: 葛雷柯「聖母昇天」(The Assumption of the Virgin) 與影片中模擬此畫的鏡頭

接到攝影棚中葛雷柯「聖母昇天」的畫。鏡頭模擬葛雷柯特別喜好的拉長線條而做垂直上下的運動，而他特別善用的紅藍的色彩也再現於畫面中，「安魂曲」的音樂在此處也被具象表達出來，音樂中的黑管或大提琴吹奏時，畫面中吹奏者的形像與吹奏的動作解開凍結的姿態而活動起來，繪畫中的音樂意象與音樂中的視覺意象以生命流動的方式相通。這便是新的電影詩篇的誕生。

然而，藝術成形的過程是愛的過程，是道成肉身與耶穌受難的過程，從抽象的概念到具象的演出，必然仍須回到影像的取消。雕像必須被取回，耶穌必須離開。

肆・結　論

傑爾西和攝影師討論拍片「受難劇」之花費時，他決定不再拘泥於燈光之中，他關掉燈光，在「兩極之間尋找，漢娜與依沙貝，男與女，你與我，在電影的喪失中尋求，想讓天地搖動」。高達的「兩者之間」便呈現了電影語言的辯證本質。高達永遠以否定的方式說話[16]。他也說：「永遠必須處在兩者之間。」[17]他解釋「兩者之間」，「不是以某些固定的位置來思考」，「攝影機就是一個『兩者之間』，但因爲它是一個固體，所以一般人，或電影人，並不認爲它是一個眞正的溝通……攝影機是……在拍攝進去的東西和放映出來的東西之間，是固體狀態的溝通」(MacCabe 97)。高達不同軸上的「兩者之間」永遠無法化約：永遠在自我與他者之間拉扯，個人與大眾之間、藝術與通俗之間、耶穌與群眾之間、道與肉身之間、思想與具象之間、看與符號之間、「受難」與「激情」、成形與取消的兩者之間。這種否定性的批判、兩者之間的流動、無法化約的辯證距離，正是高達保持靈活與高度自省的思考與創造的原動力。同時，高達認定，藝術、愛情與生命狀態的本貌在於成形與解消的流動之間；藝術、愛情與生命需要藉著形體來展現自身，一次又一次的呈現，一次又一次的取消，生命的脈動便於其中更新。

注　　釋

❶ 克莉絲特娃認爲象徵是抽象的概念，屬於社會秩序與法律，是已經僵化的語言系統；而符號則是具象的呈現，重視覺經驗，以形象代替概念 (From symbol to sign, *Kristeva Reader 62-72*)。克莉絲特娃在繪畫史中發現的現象也出現在音樂史中。

❷ 「馬太受難曲」的歌詞是巴哈與皮坎德 (Picander) 在1728年前後寫的。歌詞與當時多人慣用的布洛克 (Brockes) 的版本不同 (Schweitzer *J. S. Bach,* Vol. II, 174-175, 208-213)。巴哈的「約翰受難曲」就是布洛克的版本。「約翰受難曲」的開頭是合唱隊唱：主，我的主人，你的受難向我們顯示身爲人子的你被如此踐踼羞辱後，永世成爲榮耀。

❸ 影片中，彼得流淚的眼睛以大特寫出現了一次，約翰流淚的眼睛也以大特寫出現了六次。

❹ Esprit, Spirit, 聖靈，精神，心靈，精力。

❺ 坊間錄影帶或影碟把此片的中文片名翻譯爲「激情」，這種通俗的翻譯文法就像是把「創傷」(*Damage*) 翻譯爲「烈火情人」一樣，只見其情之「激」、「烈」與可觀，不見其傷痛。這一層翻譯的轉折，正是在大眾品味主導之下，以形象／可觀性來誇張／簡約原意之商業心理機制。

❻ Jean-Jacques Henry 說這片子談的是「耶穌的誕生、電影的誕生」(“le Jésus de celluloïd. Moteur! Catourne” “Recette pour la Passion” 17). Alain Bergala說這是「電影本身的受難曲」(“Si ce film est une《passion》,……c'est donc celle du ciné ma lui-même” “Esthétique de *Passion,*” 48)。

❼ “On ne cherchait pas à voir comme l'opérateur qui attend que le nuage passe et que le soleil revienne, qui attend quelque chose de précis, telle scène comme ça, tout le monde set là, et dès que le soleil…… Là ce n'était pas ça. La scène qu'on devait tourner est derrière le nuage, il fallait que le nuage s'en aille pour la voir. Et le nuage, il est dans nos manières de fonctionner, dans nos pensées. Je suis toujours philosophe, c'est la recherche, c'est la recherche de ce qui doit se faire dans le scénario, pour une fois en partant de partis pris beaucoup plus visuels, pour éctire après……" (Godard, "Le Chemin vers la Parole," Cahiers du Cinéma,, No. 336, May 1982, p. 10) (emphasis mine)

❽ "It is simply believing in the body. It is giving discourse to the body, ……reaching the body before disocurses, before words, before things are named.…… Our belief can have no object but 'the flesh.' (Gilles Deleuze 172-173)

❾ 盧米耶兄弟 (George Méliès, Louis Lumière) 已成爲電影始源的神話——音與光的神話。

❿ 米撒森 (Annette Michelson) 指出高達一向極力批判美國對國際電影工業市場之壟斷，攝影棚體系之分工制度，以及因此所導致作品失去自主性的現象(vi)，高達要求作者應保留對作品的最後處理權 (vii)。

⓫ 請參閱 *Godard on Godard* 183～184 頁。他也嘲笑多數製片家、片商與片展主辦單位的愚蠢，這些人從來不看書，頂多只看暢銷小說。

⓬ 「受難劇」中一景來試角色的女星所念的臺詞。這女星是電影製片人不顧傑爾西的反對而安排來的。這女星所念的臺詞屬於另一條論述線，與傑爾西無關，或甚至與他意志相背，但是，鏡頭集中在導演傑爾西面部的特寫，臺詞與導演面部特寫的蒙太奇連接使得臺詞的內容與導演的身分結合。

⓭ MacCabe 指出，對高達而言，一部電影的政治內容沒辦法讓觀看者投入意義的分析和意義生產活動……形式與內容的接合 (articulation) 是重要的(78)。高達在「義大利鬥爭」一片取用阿圖舍的文章＜意識型態與意識型態的國家機器＞，針對任何意識型態與特定再現系統的運作加以分析。阿圖舍的文章討論各種形式的國家機器，如警察、軍隊、教

育／學校、家庭，都是透過非強制性手段，經由生產與自願再生產現有生產關係的主體以維持統治階級的宰制地位 (MacCabe 83)。

⓮ 一個很有意思的例子是高達的「此處與彼處」，影片中穿揷巴勒斯坦革命的影像和當代一個法國家庭觀看電視的影像，片中揷入「聲音太大了！」，大到不可能看到這些影像與法國社會每日的影像之間的關係。政治層面具有的這種壓迫性的、盲目性的支配地位，在巴勒斯坦游擊隊軍事演習中表露無遺 (MacCabe 92)。

⓯ 我曾經針對此現象作了專文討論，請參閱劉紀蕙＜高達「芳名卡門」中音樂與敍述的辯證關係＞（《中外文學》十九卷五期，4～22頁；本書33頁）。

⓰ "Je pars toujours du négatif." (Godard, "Le Chemin vers la Parole," *Cahiers du Cinéma,*, No. 336, May 1982, p. 9)

⓱ "Il fout toujours être deux." (Godard, "Le Chemin vers la Parole," *Cahiers du Cinéma,*, No. 336, May 1982, p. 11)

文學、藝術與西方文化之教學

壹·前　言

或許有人會說，在臺灣教外語，是把外語當第二語言來教。學生還不能流利地利用外語表達想法時，為何侈言研究外國文學，更不必談似乎更具邊緣意味與奢侈成分的西方藝術課程。我則認為語言的工具性與內容是不可二分的；要以近於母語使用者的程度來掌握外語，若僅只是把文法正確的句子與口語化的片語套起來是不夠的，這些都仍停留在表面的層次。若要眞正熟稔、流利而精確的使用一種語言，須要進入對此文化全盤認知理解的層面。精確的表達反應出精確的理解與思考。要掌握的不只是字彙表面的譯意，而是背後延伸環扣的文化背景。因此，文化層面必然會包含在一個外語系的課程設計之中，文學蘊涵文化傳統，這也是為何文學課程一直是臺灣各大學外文系中之必修科目。

我在本論文中要進一步強調，西方藝術傳統是教西洋文學不可或缺的一環。我打算藉分析美國各大學近年來所開設的文學與藝術課程，來討論此類課程在人文學科中之重要性。同時，我要指出在人文思想的發展中，藝術與文學時常是相互影響的，若對同時期的文學與藝術之發展有相互對照的了解，則能對該時期之文化精神有更整體的掌握。其次，文學作品取材於該文化之人文傳統，單一作品中便可能包含不同時期精神之反省，與探討不同藝術形式的美學問題，作品本身亦成為諸多意識型態或藝術形式之間哲學與美學辯證的構織品。若不能掌握這些不同時期的精神與不同藝術形式所呈現的符碼，則無由進入此作品形成的思辯過程，對西方人文精神的了解也會囿於文字傳統，而過於狹隘。基於以上二點，我建議各大學應將西方藝術史以「文學與藝術」或「西方文化史」這種跨學科形式納入外語系核心課程或是人文學科的通識課程，以拓展學生對西方文化之了解。我同時將討論此類課程設計時會牽涉的一些具體問題，並以本人開設此課所做的實驗與上課使用的教材爲例，供有興趣之讀者參考。

貳·美國各大學人文科系開設「文學與藝術」課程之趨勢

早在 1944 年，René Wellek 已發表〈文學與藝術之間的平行研究〉(The Parallelism between Literature and the Arts)。但是，在美國學術界內，以文學與藝術的關係爲跨學科研究對象與開課題材的趨勢卻遲至近二十年才開始蓬勃發展，近年來並被納入爲主要研究範圍的一門學科。這種趨勢可以由「現代語言學會」(MLA,Modern Languages Association)內部組織的改革與出版物看出端倪。例如，MLA 1976 年開始在年會中正式設立「文學與藝術」組，此組織持續至今，成爲最具活動力的組別之一。MLA 在 1976 年出版的《文學研究的關係》(*Relation of Literary Study;* ed. Thorpe) 與1982 年出版的《文學的相互關係》(*Interrelations of Literature*) 都收錄了比較藝術與跨學科研究的文章，如〈文學與音樂〉(Literature and Music, S. T. Scher)，〈文學與視覺藝術〉(Literature and the Visual Arts, Ulrich Weisstein)，〈文學與電影〉(Literature and Film, Gerald Mast) 等。

只要看看近幾年出版的書也可看出此類跨學科研究在人文學界受到的重視。李歐塔(Jean-Francois Lyotard)在 1988 年出版，1991 年翻譯成英文的《非人性》(*The Inhuman.*)便是以賽尙、德布西等藝術家與阿多諾、德希達、康德、海德格等哲學家出發來討論思考與表達的問題。馬丁杰近日出版的思想史也綜論文化史中文學、哲學、藝術等相互滲透的現象，他尤其以法國爲例，討論法國二十世紀文學藝術流露對形象的不信任。布萊森(Norman Bryson)主編的《視覺理論: 繪畫與詮釋》(*Visual Theory: Painting & Interpretation.*, 1991)收輯了他自己的〈符號學與視覺理論〉(Semiology and Visual Interpretation)，妮可林(Linda Nochlin)的〈女人，藝術與權力〉(Women, Art, and Power)等文章。妮可林在自己出版的書《觀看的政治: 論十九世紀藝術與社會》(*The Politics of Vision: Essays on Nineteenth-Century Art and Society,* 1991)中有一篇〈想像的東方〉(The Imaginary Orient)也涉及呈現他者的矛盾。

此外，MLA 在 1990 年出版的《文學與藝術教學法》(*Teaching Literature and Other Arts*, ed. Barricelli, Gibaldi, Larter)收錄各校此類課程的課程設計與討論，此書的內容更顯示出近十年美國各大學人文學院、英文系、比較文學系與外語系開設比較藝術課程之普遍。其中如 Mary Ann Caws 在紐約市立大學(CUNY)比較文學系開的「文學與藝術中的感知方式」(Perception in Literature and Art)，Wendy Steiner 在賓州大學(UP)英文系開的「文學與繪畫」(Literature and Painting)，W. J. T. Mitchell 在芝加哥大學(UC)英文系開的「反比較: 文學與視覺藝術的教學」(Against Comparison: Teaching Literature and the Visual Arts)，這類課程設計重點在以美學問題出發，不斷揭露新的文學詮釋角度。而 J. P. Barricelle 在加州大學 (UC, Riverside) 比較文學系開的「價值的追尋」(The Quest of Values), 更凸顯跨文化的不同意識型態表達。另外, 如「歐洲的巴洛克風格」(The Baroque in Europe)、「十九世紀的小說、音樂, 與繪畫」(Nineteenth-Century Fiction, Music, and Painting)、「當代藝術中的女性形象: 社會層面的跨藝術言論」(Images of Women in Contemporary Arts, Interart Discourse With a Social Dimension), 或是「美國文學與藝術中的城市: 視像、處境與多元論」(The City in American Literature and Art: Images, Situations, and Pluralism) 等則是既傳統又熱門的課程。這類以斷代、時期、主題爲設計中心的課程永遠都有取之不盡的材料與源源不絕的聽眾。在許多學校, 以上兩大類課程已成立十餘年, 被列入人文學科之必要學分。這種跨學科課程, 很明顯地, 旨在拓展人文學科的領域, 打破學科之間的藩籬, 整合文學與其他藝術, 如繪畫、雕塑、音樂、舞蹈、歌劇、電影所包含的文化內涵、社會背景、意識型態與美學問題, 以提供學生對文化更整體的了解。

叁·「文學與藝術」研究之三大類別

我個人認爲, 文學與藝術跨學科的研究與課程的設計大致可分爲三類: 第一類爲類同原則, 第二類爲辯證美學, 第三類爲多重論述交織構成。此處這三類的區分並不表示這些研究類別是互不相干、不相統屬的, 正相反, 任何文學與藝術之跨學科研究都可能跨越任何兩種或三種類別。此處之區分只爲了說明之方便。以下我將一一說明此三類之區別, 並指出如何在課程設計與教學上應用這三類原則。

I.類同原則

所謂類同原則，便是藉尋求類同來研究同時期文學與各類藝術之間的相似性，以探討特定文化中特定時期之獨特風格、形式特質，或藝術美學之通則。Wolflin 的《藝術史的原則》(*The Principles of Art History*)，與 Praz 的 *Mnemosyne: The Parallel between Literature and the Visual Arts*，便是二例。例如和諧、均衡、對稱、靜止、安定與不和諧、不對稱、流動、不安，是兩組藝術史學者最難以放棄的標籤，前者代表古典精神，後者代表巴洛克、浪漫、現代。

談論浪漫時期，我們可以談 Wordsworth 的詩與 Turner 的畫中相似性❶，或是浪漫音樂、歌劇與文學的相似形式 (Reter Conrad)。談到後現代時期，學者也會在建築、藝術、音樂、文學，甚至大眾傳播媒體間看出相似的特徵: 不連貫、表面化、拼貼、空間性，缺乏深度…… (Jameson, Hasan)。雖然以高度的一致性來談論任何文化或任何時期必然會招致質疑，因爲任何社會、任何時代的主流之外，必有無數非主流或邊緣人物同時存在。但是，似乎以一系列共有特質來界分文化或時代的特色永遠是處理文化史的第一步。無法定名，便無法談及此物。因此，這種類同原則仍是處理文化史最有力的方法。

以類同原則研究文學與其他藝術之間的共通美學，可幫助學生了解藝術創作的共通性。例如以奏鳴曲式結構討論愛倫坡 (Edgar Allen Poe) 短篇小說。學生可以發現文學作品中一個主題如何發展，如何重複，如何變奏，如何與另一主題對抗，如何結束。湯瑪斯曼 (Thomas Mann)的 Toniokroger，史特林登堡 (Stringberg) 的「魔鬼奏鳴曲」(*The Ghost Sonata*)，喬艾斯 (James Joyce) 的「尤利西斯」(*Ulysses*)，也可依此法尋找其中音樂形式。文學作品中亦可尋找 ABA 形式、複格 (Fugue)、主題與變奏、平衡與對位、重覆等音樂作曲結構原則❷。另外，文學中的敍述觀點也可被運用在閱讀繪畫上，例如西方中世紀的宗教畫與中國敦煌壁畫中敍述觀點的移動可能與同時期或前後期的口傳文學、話本小說的敍述結構有關。

以其他藝術之構成原則來相互檢視文學作品或藝術品，可磨練觀者的閱讀角度，並可理解藝術創作的本質。只要能保持客觀參考的心態，這種對時代精神與形式的類同研究仍可幫忙我們了解某一特定時期之文學與藝術、文學與藝術作品在創作構成時的時代背景，與藝術家之間相互影響的現象；透過跨學科研究，亦可拓展我們對此時期之文化特性與多元面貌的理解。

Ⅱ.辯證美學

除了研究類同的時代精神與創作原則之外，分析不同時期的文學與藝術作品如何互爲文化傳統，如何相互引用，與其中產生的對抗、競爭、辯證的美學問題，是另一類主要研究方向。也就是說，在研究文學與不同藝術之間的交集時，我們並不企圖找出相似處；相反的，在發生交集時，我們把重心放在兩者之間的辯證張力。萊辛(Lessing)在討論 Laocoön 時，已替這類藝術之間的競爭立下鮮明的幡幟：視覺藝術重空間性，只能呈現一個凝固的時刻，而且是最具張力的一刻；文學則重時間性，可以呈現事件的起、承、轉、合。文學與藝術之間不同特性的較勁，在 Ekphrasis（以文字呈現視覺藝術）類型的作品中，可以看得最清楚。濟慈在〈希臘古甕頌〉一詩中，描述一尊古甕四周的圖案。古甕上的樹枝永遠茂盛，樹葉從來不會搖落。古甕上的笛手永遠在吹著優美的曲調，從來不疲憊。古甕上的年輕戀人永遠在追逐，永遠在戀愛，他們的愛情永遠年輕，他們自己也不會衰老。古甕所繪出的世界是被凝結靜止的世界，時間不再運轉，一切停留在最美好的空間組合。這就是在繪畫與雕塑的視覺藝術中的世界。但是，詩人在以文字描述這種視覺藝術的同時，提出了他的質疑：「你沈默的形體，嘲弄我們／正如永恆嘲弄我們一般：冰冷的田園！」古甕上的田園景色永遠怡人，但卻不願，或不能，參與人類的憂傷。只有文字才能呈現人類世界由時間所造成的變化。濟慈眞正要探討的，是文字對視覺藝術的挑戰❸。

另一種辯證張力存在於兩種意識型態之間的質疑與顚覆。我們可以拿 Rossetti 的詩「A Lady of the Rocks」爲例來討論。要了解 Rossetti 此處的這首詩，就必須討論達文西的這幅畫，以及兩位創作者的時代背景與宗教觀。達文西的「Virgin of the Rocks」中聖母瑪利亞、聖嬰、天使與施洗者之間形成正三角形穩定結構，背景高聳的岩石顯示十六世紀文藝復興時期對自然界的興趣，而岩石圍繞中的是永恆、不朽、和諧的世界（圖16)。

圖16: Leonardo Da Vinci 的 The Virgin of the Rocks (Paris, Louvre).

Sonnet for A Lady on the Rocks by Leonardo Da Vinci

——Dante Gabriel Rossetti

Mother, is this the darkness of the end,
The Shadow of Death? and is that outer sea
Infinite imminent Eternity?
And does the death pang by man's seed sustained
In times each instant cause thy face to bend 5
Its silent prayer upon the Son, while He
Blesses the dead with His hand silently
To His long day which hours no more offend?
Mother of Grace, the pass is difficult,
Keen as these rocks, and the bewildred souls 10
Throng it like echoes, blindly shuddering through
Thy name, O Lord, each spirit's voice extols,
Whose peace abides in the dark avenue
Amid the bitterness of things occult.

然而，在 Rossetti 的詩中，這種基督教的信心被轉換爲懷疑、虛無、否定來生。聖母低垂的臉承載對世人死亡的憂傷與對聖嬰的默禱，岩石的黝黑被指爲「死亡的陰影」(第 1 行)，遠處的海水則是「永恆」(第 3行)。從人世到永生的通道是艱難的，「尖銳地如同那堆岩石」(第 9-10 行)，無數「迷惘的靈魂」盲目地遊盪，「顫抖地低喚聖母的名字」(第 11 行)，詩中基督對最後一刻的害怕表露無遺 。Rossetti 在這首詩中， 以十九世紀維多利亞時期 懷疑論的宗教觀來 瓦解達文西的畫作「Virgin of the Rocks」中透露的宗教觀。

美國當代詩人梅里爾 (James Marrill) 的詩〈德耳菲的二輪馬車

馭者〉(The Charioteer of Delphi) 藉雕像的古典、節制、和諧，反襯出二十世紀失去宗教、失去理性的混亂狀態❹。十九世紀浪漫時期作曲家威爾第的歌劇「奧塞羅」也充分利用浪漫精神改寫文藝復興時期莎劇「奧塞羅」中的依亞戈與奧塞羅。不同時代的藝術家或作家，透過不同形式，來表達對同一題材的不同詮釋，這類的例子多得不可勝數。繪畫、雕塑、舞蹈、音樂、歌劇、電影等都可和文學傳統發生交集。如以上的討論，後者對前者必然有挑戰之心態，無論是藝術形式、意識型態，或時代精神，挑戰的目的是要質疑並取代前者。這種抗爭成爲文化史形成的主要動力。

Ⅲ.多重論述交織構成

我認爲類同原則與辯證美學仍然無法完全解釋人文傳統中藝術創作的形成與文化史的演變。類同原則與辯證美學可以協助我們初步了解不同藝術形式之間的關係，但是，就像是以不同的鏡頭與角度可獲取不同的畫面，換一個角度，又會出現另一種不同的面貌。實際上，多半藝術作品都不能只視爲單一符號系統的產物。一件作品中的各種符號可能屬於不同的論述體系 (discourse)，交織互動之後形成整體作品的意義總和。例如，本書中前幾章曾討論過，法國前衛導演高達的電影「芳名卡門」中，便有傳統卡門故事、現代卡門故事，比才的卡門歌劇，貝多芬的弦樂四重奏、文字、音樂、電影畫面剪接等等不同言論體系交互制衡構織❺。英國二十世紀作曲家布列頓的「戰爭安魂曲」中傳統拉丁經文與二十世紀初英國詩人歐文的反戰詩並置，傳統曲式與現代無調性與複調音樂交替出現，再加上文學與音樂之間的張力，又是另一種多重言論交織的構成原則❻。西班牙十七世紀畫家委拉斯蓋茲(Velazquez)的畫「阿拉克妮的故事」(The Fable of Arachne) 中亦有羅馬詩人奧維德(Ovid)之「變形記」(*Metamorphosis*) 的典故，與提香 (Titian)

的「歐羅巴的誘拐」(The Rape of Europa) 畫，這種畫中畫的鑲嵌凸顯了不同傳統的交織，強調了人／神、奴隸／皇帝、繪畫／詩歌之間的多重抗爭，也擴大了這幅畫的意義❼。

我們可以再拿奧登(W. H. Auden)的〈藝術博物館〉(Musée des Beaux Art) 爲例作進一步的說明❽。奧登寫這首詩，很顯然地，是把布魯格爾 (Brueghel) 的「伊卡魯斯的墮落」(The Fall of Icarus) 當成談論的題材 (圖17)。

對於這首詩的讀者來說，這個故事與這幅畫是既存的文化傳統，是眾人皆知的文本。閱讀這首詩時，這個故事與這幅畫隱藏在字裡行間，呼之欲出。這種沈默的存在與文字寫出的文本對照之下，兩種認知造成的張力會增加文字的延伸意義。

圖17: Pieter Brueghel the Elder 的 Landscape with the Fall of Icarus, (Brussels, Musées Royaux des Beaux-Arts)

About suffering they were never wrong,
The Old Masters: how well they understood
It's human position; how it takes place
While someone else is eating or opening a window or
just walking dully along;
How, when the aged are reverently, passionately
waiting
For the miraculous birth, there always must be
Children who did not specially want it to happen,
skating
On a pond at the edge of the wood:
They never forgot
That even the dreadful martyrdom must run its
course
Anyhow in a corner, some untidy spot
Where the dogs go on with their doggy life and the
torturer's horse
Scratches its innocent behind on a tree.

◈ ◈ ◈

In Brueghel's Icarus, for instance; how everything turns
away
Quite leisurely from the disaster; the plowman may
Have heard the splash, the forsaken cry,
But for him it was not an important failure; the sun
shone
As it had to on the white legs disappearing into the

green
Water; and the expensive delicate ship that must have
seen
Something amazing, a boy falling out of the sky,
Had somewhere to get to and sailed calmly on.

神話中伊卡魯斯的墜海死亡，代表凡人與神競爭的浪漫理想的毀滅，這是凡人英雄的悲劇，就像普羅米修斯（Prometheus）或是費頓（Phaethon）。奧登在詩中隱隱指出耶穌與無數殉教者也都重覆了伊卡魯斯的悲劇（第5,6,10行），而每一個重覆的故事都擴大了「人類悲劇」的含義。布魯格爾的畫卻呈現理解這種人類悲劇的不同觀點。驚天駭地，令人不甘的悲劇被布魯格爾安置在十分不顯眼的角落，我們甚至看不到悲劇英雄魁武的身軀、臨死的掙扎，或是臉上悲慟的表情。畫面上碧綠平靜的海面上，只有兩隻蒼白無力的腳朝天倒栽。畫中一片春天景色，幾艘華麗的船，岸上的牧者、農夫、漁人，甚至羊、狗、馬，都各顧各的繼續自己的工作，沒注意到這悲劇的發生。因此，奧登說，大師們十分清楚苦難中「人們的位置」（第3行）。當苦難發生時，「其他的人可能正在吃飯，或正推開一扇窗戶，或正無聊地走著」（第4行）。跟整個世界比照之下，殉教者的故事只發生在「一個角落」（第11行）。

奧登這首詩共分兩段，第二段直接描寫布魯格爾的「伊卡魯斯的墮落」，第一段沒有特指任何畫，只間接指出伊卡魯斯與耶穌、殉教者的相似處。但是，如果看看這首詩的名字——〈藝術博物館〉，我們會發現，很明顯地，在第一段中，奧登將不同畫作中的部分拼湊起來❾，他所指涉的各個畫作也就是藝術史上一再重現的人類的命運。

再回到奧登這首詩與布魯格爾的伊卡魯斯的對照，我們會發現奧登有意地選擇了畫中的某幾項細節，而忽略了全畫正中央（對角線交會處）一名背對伊卡魯斯仰頭望天的牧羊人。布魯格爾的畫中，伊卡魯斯被安置在角落，而無明顯意圖的無名牧人位在正中央。我們看不出這名牧人的重要性，或許應說，不重要的人物放在正中央，重要的人物反而在角落，這就是人生的眞實面貌，也是布魯格爾要表達的。但是，奧登的詩中略而不提這畫中央的牧羊人，反而提到不在畫中的耶穌，牧羊人與耶穌之間的關係藉換喻而彰顯。畫中仰頭望天的姿勢在詩中雖然隱去不提，卻存在於讀者的腦海中，甚至附帶著一問句 —— 爲什麼？

閱讀文學作品時，同時觀照人文傳統中不屬於文字的符號系統，研究語意的多重交織，才能了解作品構成的全貌。奧登的〈藝術博物館〉充分呈現多重言論之交織構成。歷史、藝術史、人類命運、畫面與文字各占詮釋的一條線、各自形成一種符號，代表一種論述體系，在詩中重重交織。

類同原則、辯證美學、多重論述交織構成是課程設計與詮釋材料的三種不同方式，可以單獨依一種原則規畫課程內容，也可以綜合三種原則處理同樣材料。上課重點在於是否可在課堂中引出各種詮釋的討論。以下部分本人將以實際教學經驗爲例，討論此地（臺灣）大學開設這類課程，會牽涉的一些具體問題。

肆・輔大英文系1989-1990開設的文學與藝術課程

1989-1990 本人與系上一位教「西洋文化史」與「藝術史」的同仁李素美老師合開一門「文學與藝術」的課。這門課的對象是輔大英文系學生，二、三、四年級的選修課，照輔大英文系的慣例以英文授課。我們在開學前三個月便開始準備這門課，從擬定課程進度表，收集資料，到決定教法，與我們兩人之間授課之比例，我們前後開過四次課前會。開學期間，我們每週上課前後也都會交換心得，討論上課情形與下週材料。基本上我們重點在介紹文學與其他藝術之間的種種關係，如繪畫、音樂、歌劇、電影、舞蹈、雕塑等。我們爲此門課特別編了一本教材，收集各種材料，學生課前必須先看書面資料。上課時，我與李老師有時放幻燈片、有時放錄影帶或錄音帶、講解分析材料，並與學生討論。從第一學期的進度表(表四)上可看出，我們的重點如下：(1)以時期斷代取材，如古典時期、中世紀時期、文藝復興時期、巴洛克風格，(2)以主題取材，如死亡、愛情、自我塑像，(3)以形式取材，如音樂之奏鳴曲式。上課時，我們也陸續發給學生講義，幫助學生了解各種藝術形式的基本元素。

表四　1989-1990輔大英文系所開「文學與藝術」的第一學期課程進度表

星期	課　程　進　度
一	**開場演講** 文學與藝術的相互關係 (1)基礎美學理論與研究文學與藝術所需之語彙 (2)文學與藝術運動 (3)不同藝術形式對同一主題之不同呈現方式
二	**文學、繪畫、音樂、歌劇、芭蕾中的死亡主題** ══>閱讀：文學中之死亡主題 ——>幻燈片、影帶、音樂 (開放式討論)
三	**希臘羅馬藝術與後期文學對古典主題的改寫** ══>雪萊的「默杜莎」，羅賽蒂的「石窟聖母」與梅里爾的「德耳菲的兩輪馬車馭者」(Joyce, 50min)

	——>幻燈片 (Rose, 50min)
四	**希臘悲劇與歌劇改編** ═══>閱讀: 沙孚克里斯之<伊萊克特拉> ——>理查史特勞斯之歌劇「伊萊克特拉」
五	**中世紀藝術、歌德式風格及其對浪漫時期文學的影響** ═══>閱讀: 浪漫時期的歌德式小說選讀 (Joyce 50 min) ——>幻燈片 (Rose, 50 min)
六	**文藝復興時期藝術: 文藝復興全盛期與人文主義** ——>幻燈片 (主要爲Rose)
七	**文藝復興時期文學** ═══>閱讀: 莎士比亞的《奧賽羅》(主要爲Joyce) ——>影帶: 韋耳第之「奧賽羅」
八	**文學、音樂、芭蕾、歌劇及繪畫中的「羅密歐與茱麗葉」** (開放式討論)
九	**文學與藝術中的自畫像** ═══>閱讀: 《批評式的內省: 艾詩伯雷「凸透鏡片的自畫像」中的詩與藝術評論》(Joyce 50-70 min) ——>幻燈片 (Rose, 30-50min)
十	**巴洛克的文學、藝術與音樂** ═══>閱讀: 巴洛克詩 (Joyce 40-50 min) ——>幻燈片、音樂 (Rose, 50-60 min)
十一	**奏鳴曲、交響曲、協奏曲、四重奏的音樂形式** ——> (主要爲 Rose)
十二	**艾倫坡「摩格街謀殺案」的音樂形式** (主要爲 Joyce)
十三	**文學與藝術中的新古典主義** ═══>閱讀 Lessing 的<拉奧孔>(50 min) ——>幻燈片 (50 min)
十四	**結論**

我們的上課目標在課程簡介中交代得很清楚: (1) 研究各類藝術形

式的創作元素與美學經驗，(2) 文學與其他藝術在處理相同主題時有那些不同表達重點，(3) 文學與其他藝術在呈現同時期的精神與風格時，有何異同處，(4) 早期的文學與藝術傳統如何影響後期的文學與藝術，(5) 後期的文學與藝術作品取材於早期作品時，如何改變早期作品內容來凸顯後期創作者的觀點，(6) 文學與不同藝術如何藉其他藝術形式爲本身之創作原則。很明顯的，第一學期中我們的設計倚重類同原則。這或許不是這門課失敗的癥結所在，但我們的確相當失敗。從第四、五週起，我們發現學生的反應從學期初的興奮、好奇、有趣，慢慢冷卻爲茫然、不信任，與排斥。每週上完課，我與李老師都感受到很大的挫折感。我們設法設計一些小活動讓學生動手做，例如以漫畫畫出一個故事劇情，討論敍述的問題。上課也鼓勵他們努力跟上討論，但是學生反應起起伏伏，小部分學生忍耐地撐下去，多數學生開始放棄。我們在第十週發了一份問卷調查，百分之八十以上的學生覺得這門課太難。從學生反應與我們的反省，我們歸納出以下數點問題:

(1)涵蓋面過廣，(2)教師講授分量過重，(3) 部分閱讀材料太難又太多，(4)學生參與不夠（他們僅須交一篇學期報告），(5) 學生程度不夠，聽不懂我們想要介紹的。

針對上述問題，我們爲自己設定了幾項改進重點，發給那門課的學生，並且在學期末預註册下學期課時公布，讓學生知道下學期這門課會包含的範圍。結果第二學期這門課仍有42人選修（第一學期48人，中途 4 人退選），其中五分之二是第一學期修過的學生。第二學期我們安排了六個單元:(1)舞蹈的語言，(2)語言、影像與電影，(3) 視覺敍述，(4)古典歌劇與搖滾歌劇，(5)文學、卡通與繪畫中的幽默，(6) 歌劇與音樂中的意象與節奏（請參考表五中所呈現其中三個單元的進度與內容簡介）。由各單元的進度表可看出，我們在教法上更正的重點爲:

表五　輔大「文學與藝術」第二學期三個單元的詳細進度表

單元一　古典歌劇與搖滾歌劇

單元目標:

本單元設計旨在向學生介紹歌劇的基本元素，及如何接近與詮釋歌劇與文學、音樂與歌詞間關係的方法。我們以莫札特的「魔笛」爲古典形式之例，艾本貝爾格的「渥采克」爲歌唱劇之例，及安德魯韋伯「萬世巨星」、「貓」、「劇場魅影」之片段作爲當代搖滾歌劇之例。

課程表:

4 月23日

(1)課前看「魔笛」影帶

(2)課堂上介紹歌劇基本元素

4 月30日

(1)課前閱讀布克納的「渥采克」，並將劇本的主旨、主題反覆，及主要衝突列表說明

(2)課前看貝爾格的「渥采克」影帶

(3)討論貝爾格如何以音樂呈現布克納的戲劇「渥采克」

5 月 7 日

(1)課前閱讀巴哈「馬太受難曲」的歌詞，韋伯歌劇「貓」、「劇場魅影」的部分歌詞

(2)課前觀看「萬世巨星：搖滾歌劇」

(3)課堂上聽韋伯的「萬世巨星」、「貓」、「劇場魅影」

(4)討論搖滾音樂如何呈現這些作品中的歌詞

單元指引:

Ⅰ. 研究其定義及分辨其差異性

(1)宮廷歌劇：宮廷生活、對稱穩重的比例、莊嚴的形式、以短曲、華麗對位法裝飾;

喜歌劇：擾嚷繁瑣的低音樂器、音域的突然轉換、短尾曲與短主題的運用、音節的重複、平民的生活、滑稽男中音、對話;

搖滾歌劇

(2)花腔男高音、男高音、男低音、男中音(滑稽男中音)、花腔女高音、女高音、女中音、女低音

(3)詠歎調、ABA 詠歎調、抒情調、宣敍調、敍唱調

(4)獨唱、二重唱、三重唱、四重唱、合唱

Ⅱ. 研究歌詞與音樂的關係

(5)主調與情境之關係

例：G小調——軍容壯盛

D大調——哀婉動人

D小調——暴怒（暴風雨）

(6)樂器與人聲／情感之關係

例：雙簧管——輕快詠歎調

笛——女高音獨唱

大提琴或低音管——滑稽男中音

大鍵琴與大提琴——敍唱調（十八世紀）

(7)音樂形式（奏鳴曲、交響曲、協奏曲）與情感之關係

(8)主調或主題與其出現與重複的情境

Ⅲ. 深入研究

(9)研究歌劇歌詞與文學掌故的關係

(10)研究同一故事由不同時期之作詞家／作曲家所創作出不同版本的歌詞／音樂

單元作業：

任選華格納之前任一作曲家之歌劇作品，觀看全劇並

(1)回答單元指引中(1)～(4)的問題，例如：列出男高音、女高音、敍唱調（一頁報告）

(2)寫一短篇文章討論(5)～(8)項中的一兩個問題（一頁報告）

單元二　意象、語言符碼與電影

單元目標：

本單元設計旨在向學生介紹電影的基本元素，研究詮釋影片的方法，並討

論文學與電影間的關係。我們以英格瑪柏格曼的「秋光奏鳴曲」爲主，研究在指引中所列的各項基本元素，並討論電影語言如何涵蓋所要傳達的訊息。然後我們將研究柏格曼「野草莓」的劇本與電影。在第三週我們將藉由高達的後現代影片「芳名卡門」，研究畫面中的電影語言可經由音樂的架構而複雜化至何種程度。

課程表:

3月12日

(1)讀柏格曼的劇本「野草莓」

(2)課前觀看「秋光奏鳴曲」

(3)在課堂上介紹電影基本元素

3月19日

(1)課前觀看「野草莓」

(2)課堂上討論並詮釋影片

3月26日

(1)課前觀看高達的「芳名卡門」

(2)課堂上討論影片

單元指引:

Ⅰ. 閱讀行爲: 身體的（視覺的）、心理的（美學的、經驗的、神入的）、智識的（分析的）

Ⅱ. 語言系統: 符象、索引、象徵

(1)內包意義

(2)外延意義: 修辭技巧——換喻、提喻

Ⅲ. 詮釋方向:

(1)符碼: 文化的、美學的

(2)場面調度:

①畫面意象: 光源、色彩、空間、移動、張力、平衡、形狀; 開/關、雙重曝光、重疊意象、前景/背景/景深、斜角/直角構圖

②攝影:

i) 距離: 特寫

ii) 焦距: 深焦/淺焦、柔焦/明焦、跟焦、移焦

iii) 角度: 仰角、俯角、水平角度

iv）敍事觀點：過肩鏡頭標第一人稱觀點、第三人稱全知觀點

⑶音效：

①同步音效——眞實的、同時的，與影像有關

②對位音效——詮釋性的、非同時的，與影像相反

⑷蒙太奇：跳接

①平行蒙太奇、回溯、預兆等

②重複的、平行的、象徵的、相對的、同時的

※分段：剪接、淡入／淡出、劃、溶入

※敍述段落

單元作業：

任選一部影片其中十個場景，以指引中的術語討論其運用的技巧，並詮釋這些鏡頭的外延意義。

單元三　詩與音樂中意象與節奏的抗衡：布列頓與歐文的「戰爭安魂曲」與平克佛洛依德的「牆」

單元目標：

本單元設計旨在使學生看／聽現代作曲家如何將詩的形式轉變爲音樂。在本單元中我們以班傑明・布列頓的「戰爭安魂曲」與平克佛洛依德的「牆」爲例。布列頓利用傳統安魂曲式加入二十世紀音樂的新元素帶出了歐文的九首反戰詩。平克佛洛依德以搖滾樂爲華特斯的詩作曲，兩種作品皆被製爲影片。我們將研究音樂如何將語言所涵蓋的意向／節奏轉變形式，及影片如何加入與音樂相對的意象與節奏。

課程表：

5 月29日

⑴閱讀歐文的詩（「戰爭安魂曲」中引用的段落），並在所用意象上畫線，行間的韻律作記號

⑵閱讀莫札特「安魂曲」的歌詞

⑶課堂上觀看布列頓「戰爭安魂曲」影片的片段

⑷討論語言、音樂與影片中意象與節奏的安排

6月5日

(1)繼續討論布列頓的音樂

(2)觀看平克佛洛依德「牆」的片段

(3)討論音樂與動畫意象

6月12日

報告

單元作業:

看完布列頓「戰爭安魂曲」全片，針對特定的鏡頭，討論詩、音樂與影片中意象與節奏的關係。

一、重視聽媒體教學

我們在第一學期便高度使用視聽媒體，發現十分成功，便仍然保留這一項。使用幻燈片、實物投影、錄音帶、錄影帶會使上課活潑，講授內容具體，學生參與討論也有據可憑。唯一必須注意的是，這些視聽媒體一定得經過選擇、剪輯，不然在課堂上講解會耗用太多時間處理這些視聽媒體，討論的時間反而會不夠，討論的重心也會模糊。尤其在講解電影基本語言，如運鏡、畫面處理、剪接、蒙太奇音效等技巧，或是歌劇之主題如何配合角色、劇情發展而重覆出現，都需要有剪輯整理的教材。我往往上課前必須在家中從影碟上選擇材料錄製成教學錄影帶。由錄製好的材料，我可帶領學生了解電影與歌劇之基本語言，並立即討論媒體與文學之間的關係，嘗試各種詮釋的可能性。如此，上課時可不受限於冗長的電影或歌劇。多半我們會安排課外放映時間，我要求學生於上課前看完全片，上課時我的講解便能集中整理重要片段，並且可以帶領學生討論各種延伸的詮釋問題。

二、以學生程度為起點，發給學生導引材料，與基礎語彙，以漸進方式授課

我們將十四週設計為六個單元，如表五所示，每一單元包含介紹、

討論，與深入應用等不同階段，視內容分爲二或三週的進度。我們了解臺灣的大學生普遍缺乏藝術與音樂的基礎教育，他們可以拿起畫筆對照範本臨摩，或是拿起歌本唱歌，但是若要他們「閱讀」一幅畫或一首弦樂四重奏，討論其中技巧、結構，與文化內涵，那是不可能的事。對多數的大學生來說，一幅畫或一首音樂是一整片不需區分的經驗，「好不好看」、「好不好聽」就已經完全表達他的感受，不要其他語彙與知識來進一步討論，更不用說要學生發揮他們的創作力與想像力，實際參與創作過程。

我倒不認爲「文學與藝術」這門課應該包含所有理想中該做的事。我所堅持的是，在介紹學生西方文化時，學生應被教導適當的語彙，拓展他們欣賞不同藝術形式的敏感度與角度。如上電影與文學之關係時，必須先利用選擇剪輯的鏡頭，說明所有電影語言，並討論這些語言在電影中可延伸的涵義。如此，學生才不致在看電影時，只討論劇情而忽略電影技巧賦予劇情的另外一個意義空間。

爲期三週的單元，既能由淺入深，形成一完整的單元，又可維持新鮮度，不致耗盡學生興趣。單元與單元之間，又可利用各種方式達成關連性，學生可以一再增強在課堂中學習到的概念。

三、課堂中著重學生參與，表達反應，與小組討論

由於這門課隨時會讓學生接觸新的視覺與聽覺的經驗，立即與同班同學分享討論自己的經驗是很重要的。五分鐘的自由交談之後，教師可以邀請一些學生主動向全班說出他們討論的內容，大家再一起討論，如此效果往往很好。例如電影中一個鏡頭的角度、畫面的構圖、前後景之關係，以及象徵、暗喻、換喻的處理，都須要討論。討論後，他們會對自己的感覺更有信心，也更知道如何去談論自己的感受。

四、作業以小型作業爲主

我們不舉行考試，而要求學生自己根據上課進行方式，另外挑選材料來做。學生每個單元，也就是每二或三週，便需交出一篇二或三頁打字的報告。他們需要自己找材料，如電影、歌劇、音樂或繪畫，反覆聽或看五、六遍之後，寫出他們的分析與詮釋。如此，可增加他們思考、表達與自行分析作品之機會（請參考表五之單元作業說明）。

五、自編教材

由於國內尚沒有任何教科書適用於這門課，教師必須根據自己設計之單元，事先決定好閱讀材料，編定成一册教科書，以適合學生的需要。教科書中除了各單元之閱讀材料之外，尚可編入各門藝術及文學的基本語彙與定義，或者文化史的大綱，方便學生查閱。

六、以文學爲出發點

援引各類藝術爲比較點，與文學作品、文學概念、文學結構，反覆對照討論，較能發生效果。因爲學生在外語系的訓練，使他們對文學的內涵與技巧多半皆有基礎的掌握，反覆回到他們所熟悉的文學範圍，知識基礎會較爲穩固。

無論是課堂的討論或是課外的作業，這些設計皆以學生的體驗爲主。我們不要求他們背誦，也不要求他們給正確答案，我們只要求他們寫出自己分析與體驗的結果。第二學期末，我們同樣教學生寫下他們的反應，學生們的反應出乎意料得好。百分之九十五都感激我們的啓發，他們說他們開始喜歡一些以前從來不知道的事物，雖然有些材料還是很難，如歌劇，但是他們會願意以後多去接觸。他們覺得這學期中這門課收穫最多，好像是開了一道門，進入了一個新的世界一般。我們客觀地觀察，也覺得多數同學都有明顯的進步，反應更敏銳，更有想法，更能體會。有些同學作業寫得十分精彩，雖然有六篇小報告，但每篇都寫得很認眞，長度甚至超過六頁（打字），並且附上許多他們自己收集的影印圖片、錄音帶或幻燈片。

伍・結 論

我認爲西方藝術史是教授西洋文學非唯一，但卻是不可或缺的一環。無論是處理文化史、時代精神、社會背景、文學理論、美學問題、個別作品，都應兼顧各時期的文人、藝術家、音樂家、雕塑家，甚至電影製作者之間的互動，與隨時發生在個別作品之中的多種藝術形式的交集。囿於文字傳統會導致許多偏頗而片段的觀念。

以臺灣的教育環境與各大學分科系的現狀來看，這種跨學科的人文課程更是重要。臺灣中小學的通才美育可以說是全盤失敗，一般人對音樂或藝術的興趣常常止於印象式的瀏覽，或是技術性的練習，少數人的深入體驗多半是靠個人自行摸索培養出來的，極度缺乏完整的基礎。而大學各科系分科又過於專業化，以人文科系的學生爲例，他們普遍缺乏社會科學的訓練，就連人文學科內之分支都不沾碰，學英文的學生覺得只要「學好英文」就好，所謂「英文」，便只是會說會寫而已。對於與西方文化有密不可分的文學課程，不少學生抱持著能免則免的心態，更不用說西方哲學、歷史、藝術等「週邊」學科。

以跨學科之方式設計課程，如「文學與存在主義」，「文學與心理學」，「文學與宗教」，「文學與藝術」等，可以突破專業科系之限制。這些科目中，「文學與藝術」又是最能提供文化史脈絡的一門課。沒有史的概念，許多作品都會被架空。文學與藝術之教學可以放在大一的文學導讀之中，可以單獨以「文學與藝術」之方式設計，帶領學生進入此領域，可以在斷代文學史中介紹文化背景，可以在斷代文化史中介紹各種藝術、文學與思潮之互動關係，亦可以藉專題方式處理「文學與歌劇」、「文學與電影」等題材。

教育是藉設計出的材料與討論，幫助學生完成體驗、觀察、判斷、吸收、貯存的求知過程。經過這個過程，學習者「看」世界的方式會有所不同，也會發動自身更多的潛能。我們不需要只會說標準「英文」的學生，我期待臺灣的外語教育能在工具性的操練之外，啓發學生更多的藝術體驗與人文思維方式。

注　釋

❶ 浪漫時期文學與藝術之研究豐富，如 Blake: *The Anti-Sublime;* Coleridge and Turner: *The Sublime at the Vortex;* Keats: and Cozens: *The Systematic Sublime;* Shelley and Constable *The Empyreal Sublime.*

❷ 研究音樂形式與文學結構之關係亦不乏其人，如 Aiken, Conrad. verbal music; Blue Voyage; sonata form in Great Circle. Goethe, Johann Wolfgang van. Wilhelm Meister's Wanderjahre compared with late Beethoven quartets. Joyce, James. Finnegan's Wake; Portrait of the Artistt as a Young Man; Ulysses as sonata form. Pound, Ezra. fugal structure in the Cantos.

❸ 本人在另一篇文章＜凝固與流動＞已討論過這種文字與視覺藝術之間的辯證關係。以上部分論述出自該文，請參見 1991 年 3 月18日《自立早報》副刊。

❹ 詳細討論，請見拙作＜雕像的玻璃眼珠＞，1991年 2 月11日發表於《自立早報》副刊。

❺ 詳細討論，請參見拙作＜高達「芳名卡門」中音樂與敍述的辯證關係＞，發表於《中外文學》第十九卷第五期；收入本書33頁。

❻ 詳細討論，請見拙作<戰爭安魂曲>，1991 年 1 月 19 日發表於《自立早報》副刊。

❼ 詳細討論，請見拙作<阿拉克妮的神話>，1991年 4 月13日發表於《自立早報》副刊。

❽ 這首詩被 Robert De Yanni 編在 *Literature: Reading Fiction, Poetry, Drama, and The Essay* (1990) 中。這本文選特別將19首詩編在「詩與繪畫」的單元中。

❾ 至少有一溜冰的景象是指 Brueghel 另一幅「Hunters in the Woods」.

「文學與藝術」課堂論述之展開

壹・阿拉克妮的神話

西班牙十七世紀畫家委拉斯蓋玆（Velázquez）的畫「阿拉克妮的故事」(The Fable of Arachne, 圖18)在詮釋上曾引起歷代藝評者相當大的爭議。這幅畫的結構本身很有意思：前景色調灰暗，是五個不同年齡的婦女，在皇宮的編織工作室內工作，兩個正在紡織，另外三個在旁邊幫忙；背景是一整面牆，牆的正中央壁凹部分約占全面牆三分之一，是全畫唯一最亮的部分。壁凹中間有個臺子，好像是舞臺，臺上有五個女子演出阿拉克妮與雅典娜比賽編織技術的故事。其中一個頭帶鋼盔，顯然便是雅典娜。面對雅典娜，也面對觀眾的便是阿拉克妮。她位在壁凹部分的正中央，也是全畫的正中央。阿拉克妮的背後懸掛一幅編織壁畫，畫中是提香（Titian）的「歐羅巴的誘拐」(The Rape of Europa）的故事。

有很長一段時間，人們稱這幅畫的畫名爲「紡織女」(The Spinners)，藝評家認爲這幅畫是一種風俗畫，描繪婦女在編織工作坊的情形。後來人們發現這幅畫的原名是「阿拉克妮的故事」，藝術家便指出畫中前景兩個紡織的婦女，與背景中的阿拉克妮、雅典娜兩相呼應，面對觀眾之老婦是雅典娜，背對觀眾而面對壁凹的年輕女子則是阿拉克妮。臺上與臺下的其他三個女子可能是仰慕阿拉克妮的村姑，也可能是

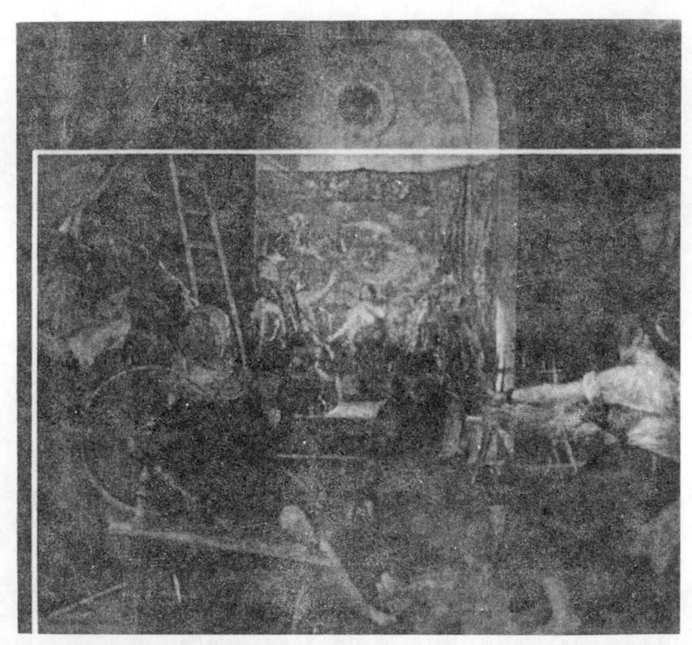

圖18: 西班牙十七世紀畫家委拉斯蓋茲（Diego Velázquez）的畫「阿拉克妮的故事」(The Fable of Arachne, Madrid, Museo del Prado)

繆司女神。

以上兩種說法皆可成立。但當我們閱讀阿拉克妮故事的出處 — 羅馬詩人奧維德(Ovid)的「變形記」(*Metamorphosis*)，再回過頭來重新看這幅畫，這幅畫的詮釋空間又會多重擴大。奧維德的「變形記」是由許多故事串連起來的。阿拉克妮的故事是雅典娜講的，當時雅典娜（掌管工藝等視覺藝術之女神）與九位繆司(掌管詩歌、戲劇、舞蹈、歷史等時間藝術之女神）較量說故事能力的高低。雅典娜的故事中阿拉克妮是一個身世平凡的村姑，但身負絕佳的編織手藝，她在織錦畫上編織出的故事栩栩如生，遠近馳名。阿拉克妮很自負，自稱連神仙也不如她。雅典娜爲了要警告這名凡間女子的狂妄，喬裝成村婦向她挑戰手藝。雅典娜編織出的圖案結構分明，中間是奧林匹司山上諸神 — 天神、海神，與她自己——藝術之神。四個角落是四個小型圖案，四幅都是諸神對野心過大的凡人施以懲罰的故事。阿拉克妮編織出的圖案則沒有明顯的結構，一個故事接著一個故事，都是諸神變形誘拐凡間女子的罪行，歐羅巴被宙斯誘拐便是一例。雅典娜當然不容許阿拉克妮逞強，舉起紡綞打向阿拉克妮，阿拉克妮的頭與四肢縮小，只剩肚子——她變成了一隻只會吐絲織網的蜘蛛。

雅典娜與阿拉克妮的競賽實際上是兩種不同表達方式的競賽：雅典娜採取類似視覺藝術，在空間中安排好位置的固定觀點；而阿拉克妮則採取口述藝術一個接著一個的流動觀點。雅典娜採用的是以神的角度，上對下的態度，核心／邊緣對立的結構，鞏固統治者的權力；阿拉克妮則以凡人的角度，重寫神的故事，揭穿他們的謊言，並打破核心／邊緣對立的結構，每一個圖案居同等地位。阿拉克妮爲凡間女子說話，自己也同時代表女性的命運。她有藝術家的野心，但卻被懲罰變成一隻頭小肚大的蜘蛛——不需要用腦筋思考，只需用肚子生產，永遠在陰暗處，永無止盡的重複編織出囚禁自己的網。男權社會中，婦女的角色便如同阿拉克妮(希臘文意爲蜘蛛)一般，無法參與權力中心的活動。我們以奧維德的故事爲背景，再看看委拉斯蓋玆的畫，似乎可看出一些新的意義。前景陰暗處的婦女低頭忙碌於紡織的工作，似乎正是阿拉克妮命運的複製版。畫面左邊的婦女傾身以雙手托住半掀開的布幔，使畫面看起來像是拉開布幕的舞臺，前景臺下的人物才是主角，以一生演出壁凹中的故事。壁凹處是遙遠的神話，但是卻鑲嵌在這幾位婦人的身後，寫定她們的命運。阿拉克妮在整幅畫的正中央，主題性地決定了整幅畫的意義核心。

背景臺上有個女子回頭往前景臺下看，而前景正在紡織的年輕女子亦面對背景臺上觀看，這兩者的視線將臺上神話的世界與臺下現實人生的世界貫串結合。更準確的說，臺下這個女子的眼光落在阿拉克妮身上，她們相同的命運被此一眼光相連處增強；而臺上往前景回頭望著的眼光則落在這幅畫的觀者——我們——身上，我們亦被牽扯入這個故事中。前景紡織老婦的身後有一把倚牆斜靠的長木梯。這把梯子十分具有象徵意味，它象徵任何層次高下分明的階級組織——神／人、皇室／奴僕、男性／女性、視覺藝術／口述藝術。「歐羅巴的誘拐」的壁畫，背景臺上阿拉克妮被懲罰的故事，與前景臺下終生紡織的婦女都被這把梯子的象徵意義點明。

「變形記」中，工藝女神雅典娜所說的阿拉克妮的故事前後銜接的是負責口述藝術的繆司女神的故事。奧維德藉阿拉克妮與雅典娜的競賽，以凡人重寫神話的方式，呈現他以口述藝術的流動觀點向視覺藝術的固定觀點的挑戰。雅典娜與阿拉克妮的競賽被雅典娜與繆司女神的競賽所取代。委拉斯蓋茲再以視覺藝術呈現奧維德的故事，同時把阿拉克妮擺在畫布中央。藝術與文學的競賽是永不停止的。

貳・雕像的玻璃眼珠

德耳菲的二輪馬車馭者 梅里爾

太陽的馬匹到那兒去了？
他們主人青銅的手，空無一物，
除了一把糾纏不清的轠繩，看起來不像是
要召喚他的馬匹回來，而是要等他們跑完全局。
停止這場浩劫，還原 5
過去我們所喜愛的節制，
我懇求他，孩子，依你的意見。
你看，他衣服上的凹痕，
從那滿布銅綠的勇敢胸脯垂下，

他溫柔棕褐色的玻璃眼睛， 10
既不望向我們，也不看那最後一名
來到他面前的人，渾身灼傷、水泡浮腫、口中結巴，
為著燃燒中的村落與乾枯的河床哭泣。
沒有人控制那輛馬車，
沒有人召回那些殺人的馬匹， 15
既然他們的主人，眼珠閃爍，不情願。
因為，看，他的眼睛在靜止的空氣中，
獨自閃亮，不看任何地方，
除非他竟兀自望向我們的眼睛。
我們的身影反射在他的眼球表層， 20
比洋娃娃還小，被童稚的恐懼所捆綁，
有多緊固，只有他們的姿勢可以說明。
輕輕地，看，這團韁繩溢出
他的拳頭，好像，再一次地，那群桀驁不馴的
野獸，顫抖而柔順，佇立 25
他的面前，如同我們一樣。你可回想
棕色小馬如何
以鼻子在你手掌中觸摸方糖？
脫離他溫和的訓斥
在烈火與憤怒中，盡情享受 30
放縱的甜蜜滋味，就連這些都已奔馳而去
不受壓抑，在我們裡面，火燄已被煽熾。

這尊「兩輪馬車馭者」的銅雕在德耳菲（Delphi）出土，約於西元前470年製造（圖19），屬於古典派，線條簡樸單純，姿勢平衡對稱，充

圖19: 「兩輪馬車馭者」的銅雕在德耳菲（Delphi）出土，約於西元前 470 年製造 *Charioteer,* from the Sanctuary of Apollo at Delphi. Museum, Delphi.

滿理性、和諧、自制的美。美國當代詩人梅里爾 (James Merrill) 在這首〈德耳菲的二輪馬車馭者〉的詩中描述這尊雕像時，很巧妙地將這種古典精神置換爲二十世紀混亂失序的狀況。

這首詩是一位父親帶領著孩子欣賞博物館中的雕像時的對話。德耳菲是太陽神阿波羅神廟的所在地，希臘人民在太陽神祭典中舉辦二輪馬車競賽，因爲二輪馬車是太陽神的象徵。這尊雕像實際上是當時一名競賽優勝者的紀念像，出土時一隻手臂已經折斷，馬車與馬匹也無處可尋。梅里爾故意稱呼這些下落不明的馬匹爲「太陽的馬匹」，用意是要把太陽神阿波羅與這尊雕像合而爲一。在希臘神話中，太陽神阿波羅是智性、音樂、詩歌、醫療與光明之神，城市的建立者，法律的創造者。阿波羅神也一向被賦予理性、謹守節度、自制等特質。利用阿波羅來強調雕像所呈現的古典理性，是一石兩鳥的筆法。

在詩中，這位父親不斷指出雕像上的細節要孩子注意，如雕像手中的韁繩、衣服上的皺褶、玻璃眼珠等。但是，在第八行、第十七行、第二十三行一連串現在式的「看」，實際上卻帶出了一連串不在場的情景，每一次都使這首詩的意義有更深一層的轉折。第十一行到第十六行，詩人影射費頓 (Phaethon) 的故事，一則說明馬匹爲何不見蹤影，再則描述脫韁馬匹在人世間造成的禍害。在羅馬詩人奧維德 (Ovid) 的筆下，費頓是太陽神阿波羅的凡人兒子，爲了想嘗試作神的經驗，百般央求父親准許他駕馭太陽神的馬車。然而，當志得意滿的費頓乘著馬車騰雲駕霧時，這群馬卻發現駕馭馬車的人不是他們的主人，驚慌之際，企圖掙脫韁繩，瘋狂地奔跑，遠離了每日例行的軌道而衝往地面，結果造成人世間遍地火海，河水乾涸，房舍百穀成灰，處處可聞哀哭求援之聲。

從詩的下半段，第十七行開始，詩人將我們拉進了這些馬匹與太陽神的關係之中。首先，詩人說我們的影子反映在雕像的玻璃眼珠中，顯得十分渺小（20-22 行）。然後，又指出等待方糖獎勵的棕色小馬對待主人的溫馴服從，像是我們俯伏於神面前的虔誠（24-28 行）。閱讀至此，我們回到第二十一行，瞭解除了等待獎勵之外，對於神的畏懼，是一種孩童般的畏懼，捆綁住我們，使我們動彈不得。

但是，如同脫韁野馬，古典的理性節制已不存在，中世紀的宗教信仰亦不復存。我們縱情無度，無視於自己在世間造成的災難。第十一行到十六行描寫的浩劫不再是費頓引起災難，而是我們自己造成的。遍地的戰火、轟炸與死亡是人們的傑作。第四行與第十六行，「他們的主人不願意召喚馬匹回來」，在此意義擴大，神要眼見世人自己結束這場遊戲。在第九行「銅綠」，與第十行「玻璃眼珠」所蘊涵的古老、過時、無能、無行動能力、無生命等靜止狀態，現在卻成爲有意的等待與不行動。

最後一行「不受壓抑，在我們裡面，火燄已被煽熾」是驚人之筆，理性的節制、神的誡令、脫韁奔馳的野馬、燃燒的世界，內化成爲我們內心的世界。「我」與「我的野性」分離，奔馳的馬是我們不受拘束的慾望、野心、衝動，我們不願意再束之以繩，造成的災害也只能任其發展。燃燒的世界在我們心中，化爲灰燼毀滅的也是我們的內心世界。馬匹／太陽神、世人／神、本我／超我、慾望／理性、僕人／主人，這些對立的元素都是依附一縱軸的兩種向度。

一尊沈默靜止的銅雕，在梅里爾筆下，成爲層層意象交疊匯集轉換之點。詩人解放雕像靜止的線條，同時說出了人類理性與野性辯證對立的歷史。更有意思的是，雕像的語言訴諸視覺、觸覺與空間感，而詩人一再利用視覺的文字（「看」），引出聽覺（哭泣）、味覺（甜蜜、方糖）、運動（捆綁、奔馳、顫抖）等感官意象。空間在時間中解放、流動，歷史中不同點先後浮現，意義也在字裡行間中解放、流動。我們觀看雕像，但是雕像拒絕看我們。我們看到的是自己，是在雕像玻璃眼珠中我們的反影。我們敍述的也是反身自述，永遠回到自身，解釋自己。

叁・「魔法師的寶典」的符號學詮釋

一、格林那威利用「魔法師的寶典」提出他對莎劇「暴風雨」的詮釋

(1) 莎劇中 Prospero 利用魔法控制一場暴風雨，並把一群人安排在島上各角落，慢慢向他的洞穴集中，預備最後的一幕。

(2) 他召喚精靈施展法術，使這群人歷經各種感官經驗，使他們誤以爲眞。實際上任何事件都是虛構。如夢、如精靈化爲空氣，將不存在，船未沈、完好如新，這群人也毫髮未損。

(3) 格林那威認爲這種在一段時間之內，歷經各種感官經驗，以虛爲實、以幻爲眞，如同被操縱於魔法師股掌之間的過程，可當爲文學經驗的暗喩。

二、格林那威認爲莎劇「暴風雨」呈現書寫創作的經驗

(1) 在電影中，Prospero 是寫書的人，寫莎劇中的文本，文字與書寫的具體視覺意象不斷在畫面中出現，有時與人物同時交疊，似乎文字刻印在人物之上，控制人物（圖20、21）。

(2) Prospero 的聲音是唯一的聲音，電影中全部對話似乎是念臺詞，念著 Prospero 寫的臺詞，而且都是男性的聲音。Miranda的聲音被一男性聲音遮蓋，她的聲音雖同時出現在音軌上，但卻遙遠而空洞，沒有感情與生命。

(3) 格林那威認爲寫作像是施展魔法，控制角色，囚禁讀者之感官於書中劇情，場景由如空氣般之精靈所鋪陳，召之卽來，揮之

圖20：在電影中，Prospero 是寫書的人，書寫與文字的意象時時具體地呈現在銀幕上

圖21：有時文字與人物同時交疊，似乎文字刻印在人物之上，控制人物

即散，並不存在。魔法師 Prospero 是作者，作者可利用寫作囚禁讀者感官，亦可釋放讀者。島上的洞穴是書中蘊涵之眞理，需要引誘讀者進入閱讀。片尾 Prospero 要求被釋，卽寫作時，作者亦被讀者囚禁，寫完後，要求被釋放，離開孤島上的洞穴，而回自由之現實社會。

三、格林那威也認爲莎劇「暴風雨」呈現閱讀的經驗

(1) 電影中這群人經歷魔法師所安排的情節，就像是閱讀的過程，經歷魔障，體驗死亡、離別、苦刑、流淚等感官狀態。

(2) 讀者閱讀文學作品時腦海中會浮現一連串意象。這些文字召喚出的意象在電影畫面中以具體實景呈現，如書中提及未發生之事，Miranda 當女王；過去已發生之事，Prospero 之妻死亡（肚皮扯開，血肉浮現），或 Arial 受禁於巨石之中。

(3) 閱讀由左至右，由右至左之視覺行爲由鏡頭由左推移至右（進入建築物，開始故事），或由右至左（米蘭被謀反者篡奪）象徵地表現出來。電影後半段甚至有推進拉出的鏡頭移動，這是進一步象徵閱讀時進入文字世界或自其中出來。

(4) 閱讀如同開始打開各種不同的書。電影中出現二十五本不同的書，如同一册册意象之書，一本一本地打開，水書、鏡書、建築書、死者之書、色彩之書、數字之書、地獄之書、老化之書、宇宙學之書、人生之書、泥土之書、植物之書、愛之書、動物之書、烏托邦之書、毀滅之書、神話之書，最後是莎劇。水之書滿布水之意象，頁頁滴得出水，因爲劇中充滿水的意象，河流、海水、雨水、淚水。而泥土之書是 Caliban 特有，充滿卑下汙穢的意象，而與 Caliban 相連的文字意象的暴烈粗穢會使書頁有如被刀割、被糞便汙血濺汙（圖 22、23）。

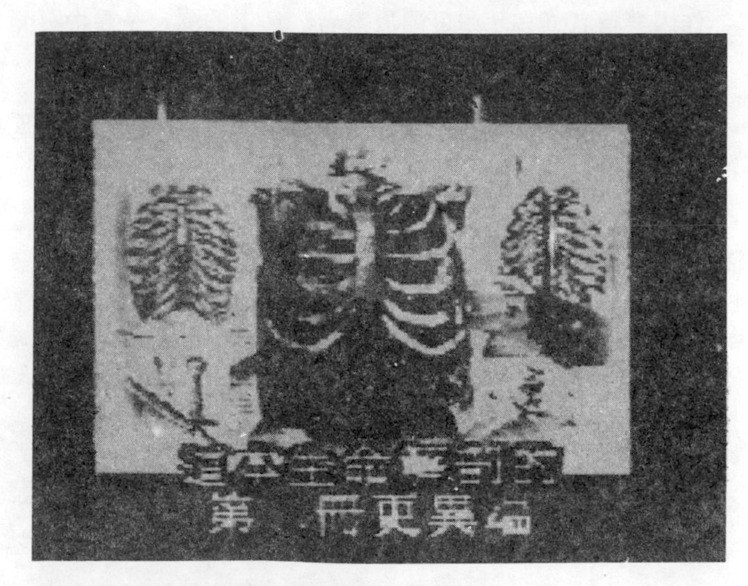

圖22: 生命巨冊中支解剖之書

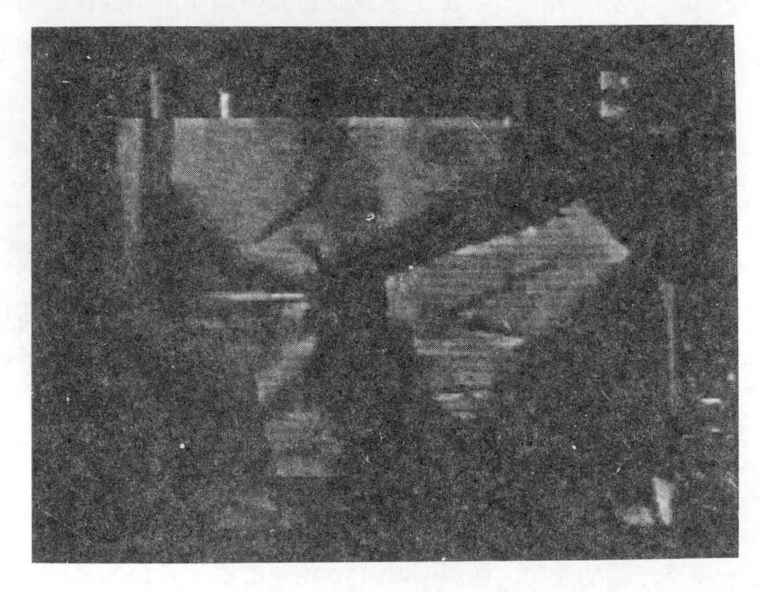

圖23: 文字意象的暴烈粗礪會使書頁有如被刀割

(5) 閱讀此書時，此書與無數其他書互爲文本，引用或重述其他書中之內容。此劇本中所有故事、行動、意象都是在重複另外巨册中之主題，死亡、愛情、毀滅、神話、色彩、數字、運動，每一符號各自有一傳統、典故，各自屬於每一類巨册之中的一小部分。

四、格林那威利用電影此藝術形式表達他對寫作與閱讀之理論

格林那威不藉用文字、不藉用哲學與理論，卻藉用電影爲他思考表達的媒體，因爲電影是更自由的形式，可以破除文字之設限；卻同時呈現文字中多重意象浮動之效果。藉著影像，他表達了他對文本的看法。

(1) 書寫與閱讀開始時，電影的視覺影像呈現書之意象，打開書、豎立鏡子、書寫文字與影像重疊、書頁散落飄飛於空中，而畫面中框內之框，與畫面中打開布幕後的舞臺，有人在旁觀看，都表示一種文本之內的文本（text-within-text)、書中之書(圖24、25、26)。

(2) 書寫與閱讀中止時，電影的視覺影像呈現折斷筆、闔起書（數十本書)、摔破鏡子、燒書、撕書頁、沈書、以水浸書頁等意象(圖27、28)。

肆·「廚師」片中三聯畫的構圖

「廚師、大盜、他的太太與她的情人」這部片子最特殊的地方是導演彼得格林那威對空間的處理。片中主要的三個活動空間——停車場、廚房、餐廳——畫出三個不同世界，分別由不同的色調和不同的音樂造成各個空間的內向凝聚，也凸顯每個空間的獨特象徵意義。同時，格林那威精確的畫面處理使得片中許多鏡頭都具有高度的隱喻（metaphor）或換喻（metonymy）的作用。

圖24: 竪立鏡子的電影符號影射書寫閱讀時的多重反映

圖25: 書寫與閱讀如同透過舞臺框架去觀看

圖26: 片中文本之內的文本 (text-within-text) 的概念亦用視覺符號呈現

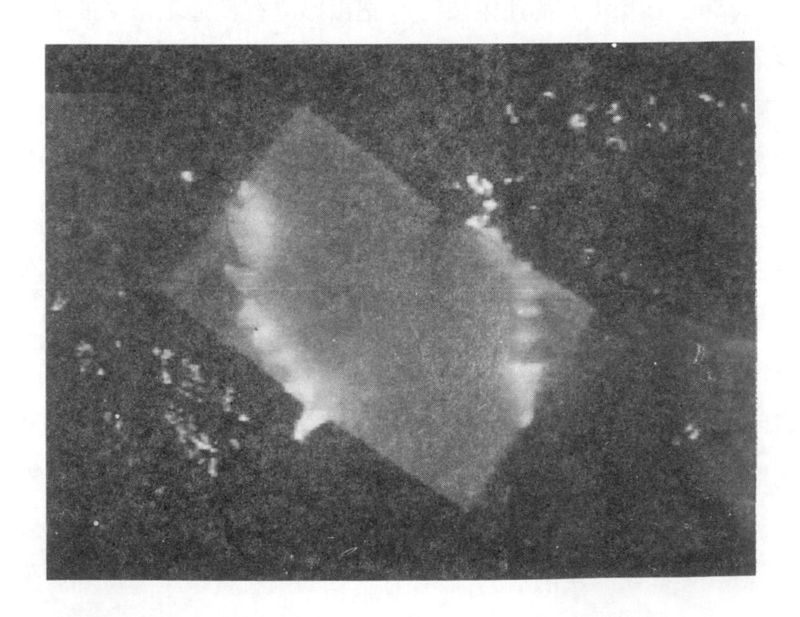

圖27: 書寫與閱讀中止時，電影的視覺影像呈現燒書的意象

圖28：電影的視覺影像呈現水浸書頁的意象來表示書寫與閱讀的中止

彼得格林那威第一次介紹這三個活動空間時，是利用推拉鏡頭（tracking shot）的運鏡技巧，把攝影機在軌道上由左推到右。觀眾像是瀏覽一幅巨大的畫面一樣，隨著鏡頭從左到右，從停車場、到廚房、最後到餐廳。每一個空間是一個內在統一的畫面，有基本色調與音樂配合。停車場是藍色的（瘋狂、夜）世界，喬姬娜與艾伯的衣服也是藍色調，音軌（sound track）上一直以飢餓的野狗低吼咆哮的聲音作爲背景。廚房中則以綠色調（生命）爲主，喬姬娜與艾伯的衣服也變爲綠色。這個空間的基本音樂則是男童波普以童音淸唱的聖歌，聲音淸越，歌詞重覆著「請洗滌我的罪惡與不潔」。餐廳中則一律以紅色（肉慾、野心）爲主，喬姬娜與艾伯的衣服也變爲紅色，音樂則是節奏緊湊沈重的重覆低音弦樂合奏。野狗低吼聲與弦樂大提琴——一個是赤裸裸、不加裝飾的喉音，一個是文明的產物的絲弦之樂，但兩者的音域皆屬於低音部，象徵低層次的活動，而童音聖歌的高音音域則象徵高層次的活動。這三個空間由兩堵牆隔開，鏡頭由一個空間移到下一個空間時，畫面上會有一、二秒全黑，像是看畫時視線被兩幅畫中間的柱子擋住了。之後，整個色調與音樂立即改變。

上述三個空間的呈現手法很明顯的是藉用三聯畫（triptych）的構圖概念。三聯畫的畫法始於中世紀，原爲置於祭壇上三塊相連的聖像畫，兩翼畫板向內折疊可保護當中的畫面（圖 29）。這三幅畫是相關的故事，多半中間是聖母或基督的畫像，兩旁則是對稱的聖徒或信徒的畫像。有時這三幅圖中的故事以時間先後順序安排 —— 左幅第一，右幅第二，當中的畫面第三（也是最重要的故事中心）。這種三聯畫的結構在西方繪畫史上成爲一種構圖的主要模式，文藝復興時期，這三幅畫不一定是爲了放在祭壇上的擺飾，畫家可能利用樹或利用柱子分割出三個層次上有主從關係的三個畫面、三個空間。依例中間的畫面一定是最重要的精神所在。波許（Hieronymus Bosch）的「歡樂園」(Garden of Delights）以天堂、地獄、人間之順序排列，左、右、中的空間，便具有反諷作用（圖 30)。

「廚師」一片的構圖顯示，停車場與餐廳是對稱的世界，是一體的兩面。停車場是赤裸裸的獸性世界：貪婪、殘暴、性變態、嫖妓、弱肉強食，這些都藉著音軌上隨時存在的野獸低吼聲爲基調，也藉著兩車腐敗生蛆的食物意象所強調，更藉著紅色霓虹燈招牌「Luna」標示這是月的世界、夜的世界、藍色的世界、瘋狂的世界。

轉過來看餐廳，可以發現其中的世界只不過是加上了餐桌禮儀與上流社會服裝的文明包裝。剝下了這層，艾伯這群人骨子裡是和野獸一樣的殘暴、淫穢、變態、瘋狂。停車場中以糞便塗在人身上的凌辱行爲在餐廳中轉換爲艾伯口中滔滔不止的穢言：停車場中一群飢餓的野狗瓜分殘餚的景象在餐廳中轉換爲這一群老饕大快朶頤、杯盤狼藉的景象。紅色色調強調了肉慾、野心、權力的特質。

很顯然的，在這部片子中，「吃」是一個貫串野獸世界與人類文明

圖29: 三聯畫 "The Alton Towers Triptych," Photo: Victoria and Albert Museum, Crown copyright

圖30: Hieronymus Bosch, "Garden of Delights," The Prado, Madrid

世界的核心隱喻。艾伯的殘暴在他解釋如何吃龍蝦的方法中便有最具體的呈現：「先摘掉蝦頭，再一一拔掉所有的腳，然後用叉子將蝦殼內柔軟的肉挖出來。」這正是他凌辱麥可至死的手法。廚師理查說人類喜歡吃「死亡」，使自己感覺更具生命力。艾伯喜歡吃的原因便在此。艾伯說，所有的偉人都愛吃，尤其吃海鮮——凱撒、墨索里尼、拿破崙、希特勒，而這些人卻都是人類歷史上野心無止、嗜殺成性的獨裁者。彼得格林那威利用艾伯影射所有輕視人性尊嚴、蹂躪生命、只圖逞己之快的暴君。艾伯的飢餓永無飽足之時，要不斷地攝取，而且必須藉著牙齒撕裂食物、磨碎、咀嚼、吞嚥達到快感。這種具破壞性的肉食行爲和他的性虐待，或戰場上的血肉橫飛，或野獸世界的弱肉強食並無二致，可獲得同樣性質的快感。

餐廳中牆壁上巨幅油畫取材自十七世紀荷蘭畫家哈爾斯（Hals）的大幅群像「餐宴上的軍官與聖哈德林」（The Banquet of the Officers of the Company of St. Hadrian）（圖31）。這幅畫重覆出現在鏡頭中，與艾伯的餐桌成爲很有意思的平行。接近片尾時，這幅畫甚至出現在停車場中，使停車場的野獸世界與餐廳中的「文明」世界距離拉得更近。最後一幕，喬姬娜迫使艾伯吃麥可的屍身時，有一個鏡頭中，喬姬娜站在畫面左邊，艾伯站在右邊，那幅軍官餐宴的畫則橫立中間成爲背景。此時，人類歷史上所有殺戮行爲與吃食行爲濃縮在這幅畫與艾伯之間。喬姬娜代表導演的指控，迫使艾伯面對自己的行爲。艾伯吃麥可一景實際上是所有人類殺戮行爲的具體轉化——以殺戮縱己之欲、逞己之快而構成一幅道地的食人族圖像。這是電影畫面處理上很精彩的意象換喻。

和停車場（獸性、地獄）與餐廳（文明、人間世）相對的是廚房的世界，這是三聯畫正中央的一幅；也是精神層次最高的世界。廚房中的綠色色調代表生命、包容、生長；童音聖歌代表宗教；而廚師理查的手

圖31:「廚師」中餐桌構圖所引用的畫 Frans Hals, "The Banquet of the Officers of the Company of St. Hadrian," (Haorlem, Frans Hals Museum)

藝是藝術。在廚房中有同情、有溫暖、有愛情、有想像、有創造力。麥可與喬姬娜的愛情在畫面上被廚師理查的手藝置換。理查純熟精湛的刀法俐落切割萵苣、紅椒、小黃瓜，就像情人做愛登峯造極的境界。理查想像力實驗出來精美食物是艾伯無法理解的,艾伯只要吃,直接的飽足是不需要特別的處理。這種藝術層次的手藝只有喬姬娜與麥可能夠欣賞。

透過理查的協助，喬姬娜與麥可躲在生蛆的食物貨車中，逃離艾伯的掌握，就像是通過死亡的甬道，達到新生。喬姬娜與麥可一絲不掛，以清水洗後，走入書店，就像是夏娃與亞當走入樂園。這金色色調的書店是一個抽離的空間，精神與愛情的天堂。音樂與在餐廳中白色(夢幻)洗手間中的音樂一樣，是愛情與夢的音樂。麥可說，這書店很原始、很單純，卻有很好的景觀，因爲這房間內有一個半圓型的大玻璃窗可看到星星，也可看到太陽。這顯然即是中世紀宗教畫中最常見的穹蒼造型。片中其他的場景全是黑夜的景像，只有片尾時才在這裡看到日出。

藝術、書、宗教、愛情，都是人類精神活動與想像力昇華的表現。

這種具有創造性的精神文化會被只知破壞的食人文化所侵入、摧毀，就像艾伯把麥可鍾愛的書《法國大革命》一頁一頁撕下，塞入麥可口腔，使他因而噎死。雖然如此，彼得格林那威卻在「廚師」一片中提出藝術對食人文化的批判。片尾房門大開，理查率領一群被艾伯羞辱過的人，扛著麥可屍身的擔架，自煙霧迷漫的背景中走進餐廳、走向艾伯，這正是天使大軍的介入，執行精神世界對食人族的最終判決。

彼得格林那威的「廚師」所以能蘊義豐富，是因爲格林那威處理意象、聲音與畫面時，充分利用繪畫與文學的技巧。三聯畫的構圖賦予他具有象徵意味的空間。音樂與活動蒙太奇式的並置，加深了故事本身寓義的層次。至於畫面，就像是文學中不同意象的並置能產生意義上的張力與擴張一樣，停車場的野狗、生蛆的食物、餐廳中盛宴的景象、哈爾斯的「軍官盛宴」的油畫，都利用視覺意象加強故事中行爲本身的含意導向。這些畫面皆是依附於故事情節的片段；但是，隨著情節與相關細節的交錯進行，這些意象成爲換喻的媒介，發展轉化成高度隱喻的語言。電影語言在格林那威的片子中成爲極爲精緻的藝術形式。

附錄・課程進度表

範例一

第1週

導論：文學與藝術之多重關係

單元一：視覺意象與文字意象之間的辯證關係

第2週

主題：阿拉克妮的神話 —— 奧維德與委拉斯蓋茲的敍述觀點

閱讀材料: 奧維德 (Ovid) 的「變形記」(*Metamorphosis*) 中阿拉克妮的故事

課堂放映幻燈片: 委拉斯蓋茲 (Velázquez) 的「阿拉克妮的故事」(The Fable of Arachne) 及提香 (Titian) 的「歐羅巴的誘拐」(The Rape of Europa)

課堂討論: 奧維德與委拉斯蓋茲的敍述觀點以及女性主義的閱讀觀點

第 3 週

主題: Ekphrasis Poetry —— 時代觀點的轉換

閱讀材料: 梅里爾 (James Merrill) 的「兩輪馬車馭者」(Charioteers of Delphi) 與羅賽提 (D.G. Rossetti) 的「石窟聖母」(The Virgin of the Rocks)

課堂放映幻燈片: 古典雕像「兩輪馬車馭者」及達文西的「石窟聖母」(Virgin of the Rocks)

課堂討論: 古典的節制到現代的失控; 文藝復興的信仰到維多利亞時期的懷疑

第 4 週

主題: Ekphrasis Poetry —— 藝術形式的挑戰

閱讀材料: 濟慈 (Keats) 的〈希臘古甕頌〉(Ode on the Grecian Urn), 費戈 (Robert Fagles) 的「暗夜星空」(The Starry Night)

課堂放映幻燈片: 希臘古甕, 梵谷的「暗夜星空」(The Starry Night) 與梵谷其他作品

課堂討論: 文字意象的流動解構視覺意象的凝固

第 5 週

主題: Ekphrasis Poetry —— 多重論述的交織

閱讀材料: 奧登 (W.H. Auden) 的〈藝術博物館〉(Musée des Beaux Art), 費林格提 (Lawrence Ferlinghetti) 的「在戈亞的偉大畫作中我們要看」(In Goya's greatest scenes we seem to see)

課堂放映幻燈片: 布魯格爾 (Brueghel)「伊卡魯斯的墮落」(The Fall of Icarus) 及戈亞的畫作

課堂討論: 文化史的多重論述交織

單元二: 文字與音樂的互動與轉換

第 6 週

主題: 戰爭與安魂的矛盾

閱讀材料: 歐文 (Wilfred Owen) 的戰爭詩七首

課堂放映音樂選曲: 布列頓(Benjamin Britten) 的「戰爭安魂曲」(*War Requiem*)

課堂討論: 音樂中的多重視角以及音樂與文字意象的互動

第 7 週

主題: 從莎士比亞的「奧賽羅」到威爾第的「奧賽羅」

閱讀材料: 莎士比亞的「奧賽羅」(*Othello*)

課堂放映: 威爾第的歌劇「奧賽羅」(*Otello*)

課堂討論: 威爾第歌劇中的主要改變

第 8 週

主題: 從文藝復興到浪漫精神的轉變

閱讀材料: 威爾第的「奧賽羅」中依亞戈所唱「信經」的歌詞

課堂放映: 威爾第的歌劇「奧賽羅」中依亞戈所唱「信經」, 浪漫時期繪畫選例, 浪漫時期黑色英雄

課堂討論: 威爾第的「奧賽羅」中浪漫精神

第 9 週

主題: 從文字結構到音樂結構的轉換

閱讀材料: 莎士比亞的「奧賽羅」(*Othello*)

課堂放映: 威爾第的歌劇「奧賽羅」中音樂結構的特色 —— 暴風雨的開場、混亂與秩序流動的模式、親吻主題的重現、三重唱與四重唱的戲劇諷刺

課堂討論: 音樂與文字在意象與結構上之差異

單元三: 電影的結構問題：敍述、構圖、意象、詮譯

第10週

主題: 「芳名卡門」中敍述與音樂的關係

課堂外放映: 高達 (Jean-Luc Godard) 的「芳名卡門」(*Prénon Carmen*)

課堂放映: 「芳名卡門」選景

課堂討論: 音樂作曲原則與電影拍片原則之關連

第11週

主題: 「廚師」一片中三聯畫的構圖原則

課堂外放映: 格林那威 (Peter Greenaway) 的「廚師、大盜、他的太太、她的情人」(*The Cook, The Thief, His Wife and Her Lover*)

課堂放映: 「廚師」選景、三聯畫幻燈片

課堂討論: 「廚師」一片中三聯畫構圖的象徵意義

第12週

主題: 「魔法師的寶典」中的美學理論

課堂外放映: 格林那威的「魔法師的寶典」(*Propero's Book*)

課堂放映: 「魔法師的寶典」選景

課堂討論:「魔法師的寶典」中對閱讀與寫作的詮釋理論

第13週

主題:「自由的幻影」的非現實邏輯

課堂外放映: 布紐爾 (Luis Buñuei)「自由的幻影」

課堂放映:「自由的幻影」選景、超現實畫派畫作

課堂討論: 超現實主義的非理性批判原則

第14週

結論: 綜合討論

範例二

第 1 週

導論: 文學與藝術之多重關係

單元一: 文學、繪畫與歌劇中的女性形象

第 2 週

主題: 象徵詩派對女性的詮釋

閱讀材料: D. G. Rossetti, William Morris, George Meredith, A. C. Swinburne, Stuart Merrill

課堂討論: 愛情、死亡、洞穴、海洋、夢境、不知名的世界

第 3 週

主題: 象徵畫派對女性的描述

課堂放映幻燈片: 十九世紀末象徵派畫家的女性題材 Salome, Medusa, Sphinx, Vampire, Sirens, such as Arbrey Beardsley, Fernand Khnopff, Gustav Klimt, William Morris, D. G. Rossetti,J. E. Millais, Gustave Moreau, P.

P. deChavannes, Odilon Redon, Edvard Munch, Jan Toorop, Franz von Stuck

課堂討論: 女性的吸引與危險

第 4 週

主題: 繼續討論象徵詩派對女性的詮釋

閱讀材料: Charles Baudelaire, Gustave Moreau, Arthur Rimbaud, Stephane Mallarme, Jules Barbey d'Aurevilly, Jean Delville, Remy de Gourmont, Rilke, etc.

課堂討論: 象徵詩人對女性象徵的處理

第 5 週

主題: 歌劇中的女性 —— 女性的命運

課堂放映歌劇選曲: The Brother's Words(*Lucia di Lammermoor*), The Father's Words (*Lucia di Lammermoor*) (*La Traviata*), The Husband's Words (*Madam Butterfly*)

課堂討論: 男性的語言 —— 父親、兄弟、丈夫

第 6 週

主題: 歌劇中的女性 —— 女性的主體性

課堂放映歌劇選曲: *Salome, Carmen,* (Zerbinetta in *Ariadne auf Naxos*)

課堂討論: 女性的語言 —— 對父權中心體制單一論述的挑戰

第 7 週

主題: 第一單元的結論 —— 語言的鏡子，皇后的鏡子還是墨杜莎的狂笑

課堂討論: 社會決定女性的角色、文學藝術的呈現、主體性的閱讀策略

單元二: 超現實主義的非理性批判原則

第 8 週

主題: 超現實畫派的宣言與實踐

閱讀材料: 超現實畫派的宣言

課堂放映: 超現實畫派的幻燈片

課堂討論: 夢境、自由聯想、象徵、反叛傳統、非理性批判

第 9 週

主題: 超現實派的詩作

閱讀材料: 超現實畫派的詩作

課堂討論: 夢境、自由聯想、象徵、反叛傳統、非理性批判透過文字的實踐

第10週

主題: 超現實電影的早期實驗

課堂外放映: 布紐爾/達立的「黃金時代」與「安達魯之犬」

課堂放映:「黃金時代」、「安達魯之犬」與考克多「詩人之血」片段

課堂討論: 影片蒙太奇的非現實風格

第11週

主題: 布紐爾「天使滅亡」(*The Exterminating Angels*) 的宗教與社會批判

課堂外放映: 布紐爾「天使滅亡」(*The Exterminating Angels*)

課堂討論: 超現實邏輯在電影中的展現

第12週

主題: 考克多「奧非爾的證言」中的詩學

閱讀材料: 劇本 Jean Cocteau's *The Testimony of Orpheus*

課堂外放映: 考克多電影「奧非爾的證言」

課堂討論: 考克多的詩學理論、視覺影像理論與超現實風格的關連

第13週

主題: 費里尼「八又二分之一」

課堂外放映: 費里尼「八又二分之一」

課堂討論: 費里尼與超現實主義

第14週

結論: 第二單元綜合討論

參 考 書 目

Abbate, Carolyn. "Opera; or, the Envoicing of Women" in *Musicology and Difference: Gender and Sexuality in Music Scholarship*. Berkeley, Los Angeles, London: University of California Press, 1993. pp. 225-258.

Abbate, Carolyn. *Unsung Voices: Opera and Musical Narrative in the Nineteenth Century*. Princeton: Princeton UP, 1991.

Adorno, Theodor W. "On the fetish character in music and the regression of listening" (26-52), "The Schema of mass culture" (53-84), "Culture industry reconsidered" (85-92), in *The Culture Industry: Selected essays on mass culture*. ed. with an Introduction by J. M. Bernstein, Routledge, 1991.

Aumont, Jacques. "The Fall of the gods: Jean-Luc Godard's *Le Mépris* (1963)" in *French Film: Texts and Contexts*. London and New York: Routledge, 1990. pp. 217-230.

Barricelli, Jean-Pierre, and Joseph Gibaldi, eds. *Interrelations of Literature*. New York: MLA, 1982.

Barricelli, Jean-Pierre, and Estella Lauter, eds. *Teaching Literature and Other Arts*. New York: Modern Languages Association of America, 1990.

Barthes, Roland. "From Work to Text", *Image-Music-Text.* trans. Stephen Heath, 1977. Noonday Press edition, 1988; twelth printing, 1990. pp. 155-164.

Barthes, Roland. "Introduction to the Structural Analysis of Narratives," *Image-Music-Text,.* trans. Stephen Heath. New York: Hill and Wang, 1977. pp. 79-124.

Barthes, Roland. "The Death of the Author", *Image-Music-Text.* trans. Stephen Heath, 1977. Noonday Press edition, 1988; twelth printing, 1990. pp. 142-148.

Barthes, Roland. "Towards a Semiotics of Cinema: Barthes in interview with Michel Delahaye, Jacques Rivette." in *Cahiers du Cinéma* 147, September 1963; reprinted in *Cahiers du Cinéma, Vol. II: The 1960s, New Waves, New Cinema, Re-evaluating Hollywood.* London: Routledge & Kegan Paul; The British Film Ubstutyte 1986, pp. 276-285.

Bergala, Alain. "Esthêtique de Passion". *Cahiers du Cinema.* No. 338, July-August 1982. pp. 47-48.

Berlioz, Hector. *Correspondance Génêrale, II, 1832-184.2* Paris: Flammarion, 1975.

Berlioz, Hector. *Correspondance Génêrale, III, 1842-1850.* Paris: Flammarion, 1978.

Berlioz, Hector. *Correspondance Génêrale, IV, 1851-1855.* Paris: Flammarion, 1983.

Berlioz, Hector. *Les Troyens. La Prise de troie, Les Troyens a Carthage.*

Berlioz, Hector. *Memoirs of Hector Berlioz.* trans. by David Cairns. New York: Alfred A. Knopf, 1969.

Bloom, Peter. ed. *Berlioz Studies.* Cambridge: Cambridge University Press. 1992.

Bordwell, David & Thompson, Kristin. *Film Art, An Introduction.* New York: McGraw-Hill, 1989.

Brown, Calvin S. *Music and Literature.* Athens: Georgia UP, 1948.

Brown, Calvin S. "The Relations Between Music and Literature as a Field of Study." *CL* 22, 1970.

Brown, Calvin S.. *Music and Literature.* Athens: Georgia UP, 1948.

Bryson, Norman. Holly, Michael Ann. & Moxey, Keith. ed. *Visual Theory: Painting & Interpretation.* Harper Collins, Icon Editions, Polity Press, 1991.

Bryson, Norman. *Looking at the Overlooked: Four Essays on Still Life Painting.* Cambridge, Massachusetts: Harvard University Press, 1990.

Bryson, Norman. *Vision and Painting: The Logic of the Gaze.* New Haven: Yale UP, 1983.

Bryson, Norman. *Word and Image: French Painting of the Ancient Regime.* New York: Cambridge UP, 1981.

Budden, Julian. "Boito: Mefistofele" in the booklet for CDs of *Mefistofele* London: Decca Record Comp.,

1985.

Budden, Julian. *Verdi*. London: J.M. Dent & Sons, 1985.

Caws, Mary Ann. *The Art of Interference: Stressed Readings Visual and Verbal Text*. Princeton: Princeton UP, 1989.

Cixous, Héléne. "Sorties: Our and Out: Attacks/Ways Out/Forays" in *The Feminist Reader: Essays in Gender and The Politics of Literary Criticism*. ed. Catherine Belsey and Jane Moore. London: Macmillan, 1989. pp. 101-116.

Clément, Catherine. *Opera, or the Undoing of Women*. (1979) trans, by Betsy Wing. Minneapolis: University of Minnesota Press, 1989.

Cluck, Nancy A., ed. *Literature and Music: Essays on Form*. Utah: Provo, 1982.

Conrad, Peter. *Romantic Opera and Literary Form*. Berkeley: California UP, 1977.

Deleuze, Gilles. *Cinema 1: The Movement-Image*. Les Editions de Minuit 1983; Minneapolis: University of Minnesota Press, 1991.

Deleuze, Gilles. *Cinema 2: The Time-Image*. Les Editions de Minuit 1985; Minneapolis: University of Minnesota Press, 1991.

Duras, Marguerite. "From an Interview," in *New French Feminisms: An Authology*. ed. by Elaine Marks and Isabelle de Courtivron. New York: Schocken Books,

1981.

Fleming, William, and Frank Macomber. "Romantic Style," in *Musical Arts and Styles,* Gainesvile: University of Florida Press, 1990.

Genette, Gerard. *Narrative Discourse: An Essay in Method.* trans. Jane E. Lewin. Ithaca: Cornell UP, 1980.

Giannetti, Louis D.. *Godard and Others: Essays on Film Form.* London: the Tantivy Press, 1975.

Godard, Jean-Luc. et al. Chabrol, Claude. Doniol-Valcroze, Jacques. Jean-Luc Godard, Pierre Kast, Luc Moullet, Jacques Rivette, François Truffaut:"Questions about American Cinema: A Discussion" in *Cahiers du Cinéma,* 150-1, December 1963-January 1964, reprinted in *Cahiers du Cinéma, Vol. II: The 1960s, New Waves, New Cinema, Re-evaluating Hollywood.* London: Routledge & Kegan Paul; The British Film Ubstutyte 1986, pp. 172-180.

Godard, Jean-Luc. *Godard on Godard.* ed. by Jean Narboni and Tom Milne. A Da Capo Paperback, 1968; English translation 1972; New Forword 1986.

Godard, Jean-Luc. "Interview with Jean-Luc Godard," *Cahiers du Cinéma* 138, December 1962. Special Noubelle Vague issue, by Jean Collet, Michel Delahays, Jean-André Fieschi, André S. Labarthe and Bertrand Tavernier. in *Godard on Godard,* pp. 171-196.

Godard, Jean-Luc. Interview. "Le Chemin vers la Parole," *Cahiers du Cinema.* No. 336, May 1982. pp. 8-13, 57.

Godard, Jean-Luc. "Les Petites Filles Modeles" (31-32) *Godard on Godard.*

Godard, Jean-Luc. "Let's Talk about *Pierrot*" in *Cahier du Cinéma* 171, October 1965, in *Godard on Godard,* pp. 215-234.

Godard, Jean-Luc. "One Should Put Everything into a Film," in *L'Avant-Scène du Cinéma* 70, May 1967, in *Godard on Godard,* pp. 238-239.

Godard, Jean-Luc. "Passion (Love and Work)," *Camera Obscura: A Journal of Feminism and Film Theory* No. 8-9-10. Fall 1982. pp. 125-129.

Godard, Jean-Luc. "Struggling on Two Fronts: Godard in interview with Jacques Bontemps, Jean-Louis Comolli, Michel Delahaye, Jean Narboni." in *Cahiers du Cinéma* 194, October 1967; reprinted in *Cahiers du Cinéma, Vol. II: The 1960s, New Waves, New Cinema, Re-evaluating Hollywood.* London: Routledge & Kegan Paul; The British Film Ubstutyte 1986, pp. 294-299.

Godard, Jean-Luc. "What is Cinema?" pp. 30-31. *Godard on Godard.*

Groos, Arthur. & Roger Parker. ed. *Reading Opera.* Princeton, New Jersey: Princeton University Press, 1988.

Grout, Donald Jay, with Hermine Weigel Williams. *A Short History of Opera*. 3rd Edition. New York: Columbia UP, 1984.

Hagstrum, Jean. *The Sister Arts: The Tradition of Literary Pictorialism in English Poetry from Dryden to Gray*. Chicago: U. of Chicago P., 1958.

Harrington, John, ed. *Film and/as Literature*. Englewood Cliffs: Prentice, 1977.

Hayward, Susan. and Ginette Vincendeau. eds. *French Film: Texts and Contexts*. London and New York: Routledge, 1990.

Heffernan, James A. W., ed. *Space, Time, Image, Sign: Essays on Literature and the Visual Arts*. New York: Lang, 1987.

Henry, Jean-Jacques. "Recette pour la Passion." *Cahiers du Cinema*. No. 336, May 1982. pp. 15-17.

Hibberd, Dominic. *Owen the Poet*. Georgia: The U. of Georgia P., 1986.

Hibberd, Dominic., and John Onions, eds. *Poetry of The Great War*. London: Macmillan, 1986.

Holoman, D. Kern. *Berlioz*. Cambridge, Massachusetts: Harvard University Press, 1989.

Jacobus, Mary. "The Difference of View" in *The Feminist Reader: Essays in Gender and The Politics of Literary Criticism.*, ed. Catherine Belsey and Jane Moore. London: Macmillan, 1989.

Johnston, John H.. "Pity Was Not Enough." *Poetry of The First World War*. ed. Dominic Hibberd. London: Macmillan, 1981. pp. 157-160.

Kemp, Ian. ed. *Hector Berlioz: Les Troyens*. Cambridge: Cambridge University Press, 1988.

Kemp, Ian. "The Unity of *Les Troyens*" in Kemp, Ian. ed. *Hector Berlioz: Les Troyens*. Cambridge: Cambridge University Press, 1988. pp. 106-118.

Kennedy, Michael. *Britten*. London: J.M. Dent & Sons, 1981.

Kerman, Joseph. *Listen*. 3rd ed. New York: Worth, 1980.

Kerman, Joseph. *Opera as Drama*. New York: Vintage-Knopf, 1956.

Kramer, Lawrence. *Music and Poetry: The Nineteenth Century and After*. Berkeley: California UP, 1984.

Kramer, Lawrence. *Music as Cultural Practice 1800-1900*. Berkeley, Los Angeles, Oxford: Univ. of California P, 1990.

Krieger, Murray. "The Ekphrastic Principle and the Still Movement of Poetry: Or, Laocoon Revisited." *The Play and Place of Criticism*. Baltimore: Johns Hopkins UP, 1967. pp. 105-128.

Kristeva, Julia. "From Symbol to Sign" in *The Kristeva Reader*, ed. by Toril Moi. UK: Basil Blackwell Ltd, 1987, pp. 62-72.

Kristeva, Julia. "Gioto's Joy", *Desire in Language: A*

Semiotic Approach to Literature and Art. ed. Leon S. Roudiez. trans. Thomas Gora, Alice Jardine, and Leon S. Roudiez. 1977 editions du Seuil; 1980 Columbia University Press. pp. 211-236.

Kristeva, Julia. "Revolution in Poetic Language", in *The Kristeva Reader,* ed. by Toril Moi. UK: Basil Blackwell Ltd, 1987, pp. 89-136.

Kristeva, Julia. "Stabat Mater", in *The Kristeva Reader,* ed. by Toril Moi. UK: Basil Blackwell Ltd, 1987, pp. 160-186.

Kristeva, Julia. "The System and the Speaking Subject" in *The Kristeva Reader,* ed. Toril Moi. Oxford: Basil Blackwell, 1986, pp. 24-33.

Langford, Jeffrey. "Berlioz, Cassandra, and the French Operatic Tradition." *Music & Letters.* Vol. 62. Nos. 3-4. July-October 1981. pp. 310-317.

Leppert, Richard. *Music and Image.* Cambridge University Press, 1988.

Lewis, C. Day. *The Collected Poems of Wilfred Owen.* Connecticut: Chatto & Windus, 1963.

Liehm, Mira. *Passion and Defiance: Film in Italy from 1942 to the Present.* Berkeley, Los Angeles, London: University of California Press, 1984.

Lindenberger, Herbert. *Opera: The Extravagant Art.* Ithaca & London: Cornell UP, 1984.

Littlejohn, David. *The Ultimate Art: Essays Around and*

About Opera. Berkeley: University of California Press, 1992.

Lomas, Herbert. "The Critic as Anti-Hero: War Poetry." *The Hudson Review* Autumn 28.3 (1985): pp. 376-389.

Lyotard, Jean-Francois. *The Inhuman*. (1988), trans. Geoffrey Bennington and Rachel Bowlby. Polity Press, 1991.

MacCabe, Colin. & Mick Eaton & Laura Mulvey. *Jean-Luc Godard: Image, Sound & Politics*. Indiana University Press, 1980. trans. into Chinese by Lin, Bao-yuan. Tonsan Books, 1991.

MacDonald, Hugh. "Composition" in Kemp, Ian. ed. *Hector Berlioz: Les Troyens*. Cambridge: Cambridge University Press, 1988. pp. 45-66.

MacDonald, Hugh. "[G-flat] (G-flat major and nine-eight meter as paradigms of 19th-century style." *19th Century Music*. Vol. 11, No. 3, 1988. pp. 221-237.

Machlis, Joseph. *Introduction to Contemporary Music*. New York: Norton, 1979.

Mast, Gerald, and Marshall Cohen, eds. *Film Theory and Criticism*. 3rd ed. New York: Oxford UP, 1985.

McClary, Susan. *Feminine Endings: Music, Gender, and Sexuality*. Minnesota, Oxford: University of Minnesota Press, 1991.

Metz, Christian. *Film Language: A Semiotics of the Cinema*. trans. Michael Taylor. New York: Oxford

UP, 1974.

Meyer, Leonard B. "Romanticism-The Ideology of Elite Egalitarians" in *Style and Music: Theory History, and Ideology*. Philadephia: University of Pennsylvania Press, 1989.

Michelson, Annette. "Forword" in *Godard on Godard,* ed. by Jean Narboni and Tom Milne. A Da Capo Paperback, 1968; English translation 1972; New forword 1986. pp. v-x.

Moullet, Luc. "Jean-Luc Godard," in *Cahiers du Cinêma* 106, April 1960, reprinted in *Cahiers du Cinêma, Vol. II: The 1960s, New Waves, New Cinema, Reevaluating Hollywood.* London: Routledge & Kegan Paul; The British Film Ubstutyte 1986, pp. 35-48.

Murphy, Kerry. *Hector Berlioz and the Development of French Music Criticism.* Ann Arbor/London: UMI Research Press, 1988.

Mussmen, Toby, ed. *Jean-Luc Godard* "Jean-Luc Godard and Vivre Sa Vie," an interview by Tom Milne. New York: E.P. Dutton & Co. Inc, 1968.

Neubauer, John. *The Emancipation of Music from Language: Departure from Mimesis in Eighteenth-Century Aesthetics*. New Haven: Yale UP, 1986.

Nochlin, Linda. *The Politics of Vision: Essays on Nineteenth-Century Art and Society*. Thames and Hudson, Harper & Row, 1989, 1991.

Owen, Harold, and John Bell, eds. *Wilfred Owen: Collected Letters*. London: O.U.P., 1967.

Pajaczkowska, Claire. "Liberté! Egalité! Paternité! Jean-Luc Godard and Anne-Marie Miéville's *Sauve qui peut* (*la vie*) (1980)", in *French Film: Texts and Contexts*. London and New York: Routledge, 1990, pp. 241-256.

Palmer, Christopher. *Introduction, War Requiem*. By B Britten. Decca, CD1 414 384-2, 414 385-2, 1985.

Perkins, David. "Owen's Romanticism." in *Poetry of The First World War*. Ed. Dominic Hibberd. London: Macmillan, 1981. pp. 161-167.

Poizat, Michel. *The Angel's Cry: Beyond the Pleasure Principle in Opera*. (*L'Opéra, ou Le Cri de l'ange: Essai sur la joussiance de l'amateur d'opeéra*, 1986), trans. by Arthur Denner, Ithaca and London: Cornell University Press, 1992.

Praz, Mario. *Mnemosyne: The Prallel between Literature and the Visual Arts*. Princeton: Princeton UP, 1970. Schmidgall, Gary. *Literature as Opera*. New York, 1977.

Riding, Alan. "What's in a Name if the Name Is Godard?" *The New York Times*. October 25, 1992.

Robertson, Alec. *Requiem, Music of Mourning and Consolation*. New York: F.A. Praeger, 1968.

Roud. Richard. "Introduction" in *Godard on Godard*. ed.

by Jean Narboni and Tom Milne. A Da Capo Paperback, 1968; English translation 1972; New forword 1986. pp. 1-10.

Rushton, Julian. *The Musical Language of Berlioz.* Cambridge: Cambridge University Press, 1983.

Said, Edward W. *Musical Elaborations.* The Wellec Library Lectures at the University of California, Irvine. New York: Columbia University Press, 1991.

Scher, Paul S.. "Literature and Music." *Interrelations of Literature.* Eds. Jean-Pierre Barricelli and Joseph Gibaldi. New York: MLA, 1982. pp. 225-250.

Scher, Steven Paul. ed. *Music and text: critical inquiries.* Cambridge: Cambridge University Press, 1992.

Schweitzer, Albert. *J. S. Bach.* Vol. Two. 1911. English translation by Ernest Newman. New York: Dover Publications Inc., 1966.

Simon, John. "The Question of Violence", quoted in *Jean-Luc Godard: An Investigation into His Films and Philosophy.* ed. by Jean Collet. New York: Crown Publishers, Inc, 1970.

Slawek, Tadeusz. "'Dark Pits of War' Wilfred Owen's Poetry and the Hermeneutics of War." *Boundary 2: A Journal of Postmodern Literature and Culture* Fall-Winter 14. 1-2 (1985-86): pp. 309-331.

Spear, Hilda D.. "Not Well Content: Wilfred Owen's Dislocation of the Sonnet Form." *Durham University*

Journal 77 Dec. 1984: pp. 57-60.

Steiner, Wendy. *Pictures of Romance: Form against Context in Painting and Literature.* University of Chicago Press, Chicago and London, 1988.

Steiner, Wendy. *The Colors of Rhetoric: Problems in the Relation between Modern Literature and Painting.* The University of Chicago Press, Chicago and London, 1982.

Toubiana, Serge. "Paris-Rolle-Paris, en cing temps." *Cahiers du Cinema.* No. 336, May 1982. pp. 6-7.

Virgil. *The Aeneid.* trans. by C. H. Sisson. Manchester: Carcanet Press Ltd, 1986.

Weiner, Marc A. "Music and the Subversive Imagination" in McGlathery, James M. ed. *Music and German Literature: Their Relationship since the Middle Ages.* Camden House, INC., 1992. pp. 293-315.

Weisstein, Ulrich, ed. *The Essence of Opera.* New York, 1964.

Weisstein, Ulrich. "The Mutual Illumination of the Arts." Ch. 7 in Weisstein, *Comparative Literature and Literary Theory: Survey and Introducton.* trans. William Riggan. Bloomington: Indiana UP, 1973.

Welland, Dennis. "Elegies to This Generation." in *Poetry of The First World War.* Ed. Dominic Hibberd. London: Macmillan, 1981. pp. 135-152.

Wellek, Rene. "Literature and the Other Arts." Ch. 11 in

Wellek and Austin Warren, *Theory of Literature*. New York, 1970.

Whittall, Arnold. "Words and Music in Strauss's Last Opera" in the booklet for CDs of Richard Strauss's *Capriccio*. West Germany: Deutsche Grammophon, 1972.

Wollen, Peter. "Godard and Counter Cinema: *Vent d'Est*." *Reading and Writings: Semiotic Counter-Strategies*. Thetford, Norfolk: The Thetford Press Ltd., 1982. pp. 79-91.

大雅叢刊書目

定型化契約論文專輯	劉宗榮 著
海上運送與貨物保險論文選輯 ——附定型化契約條款效力評釋六則	劉宗榮 著
勤工儉學的發展	陳三井 著
劫機之防制與立法	洪德旋 著
親屬法論文集	戴東雄 著
中共外交的理論與實踐	石之瑜 著
近代中法關係史論	陳三井 著
春秋要領	程發軔編著
婚姻研究	朱岑樓 著
農復會與臺灣經驗（1947～1979）	黃俊傑 著
中國農村復興聯合委員會史料彙編	黃俊傑 編
瑞士新國際私法之研究	劉鐵錚等著
論中蘇共關係正常化（1979～1989）	蘇起 著
辛亥革命史論	張玉法 著
過失犯論	廖正豪 著
行政救濟與行政法學㈠	蔡志方 著
行政救濟與行政法學㈡	蔡志方 著
中共法制理論解析 ——關於「中國特色」之論爭	石之瑜 著
電視新聞神話的解讀	梁欣如 著
中國式資本主義 ——臺灣邁向市場經濟之路	魏萼 著
臺灣經濟策論	邢慕寰 著
當代美國政治論衡	王國璋 著
泛敍利亞主義 ——歷史與政治之分析	朱張碧珠 著
營業秘密的保護 ——公平法與智產法系列㈡	徐玉玲 著
虛偽不實廣告與公平交易法 ——公平法與智產法系列㈢	朱鈺祥 著

三民大專用書書目——國父遺教

書名	著者		任職
三民主義	孫　文	著	
三民主義要論	周世輔	編著	前政治大學
大專聯考三民主義複習指要	涂子麟	著	中山大學
建國方略建國大綱	孫　文	著	
民權初步	孫　文	著	
國父思想	涂子麟	著	中山大學
國父思想	周世輔	著	前政治大學
國父思想新論	周世輔	著	前政治大學
國父思想要義	周世輔	著	前政治大學
國父思想綱要	周世輔	著	前政治大學
中山思想新詮——總論與民族主義	周世輔、周陽山	著	政治大學
中山思想新詮——民權主義與中華民國憲法	周世輔、周陽山	著	政治大學
國父思想概要	張鐵君	著	
國父遺教概要	張鐵君	著	
國父遺教表解	尹讓轍	著	
三民主義要義	涂子麟	著	中山大學

三民大專用書書目——教育

教育哲學	賈馥茗 著	前臺灣師大
教育哲學	葉學志 著	前彰化師大
教育原理	賈馥茗 著	前臺灣師大
教育計畫	林文達 著	政治大學
普通教學法	方炳林 著	前臺灣師大
各國教育制度	雷國鼎 著	臺灣師大
清末留學教育	瞿立鶴 著	
教育心理學	溫世頌 著	傑克遜州立大學
教育心理學	胡秉正 著	政治大學
教育社會學	陳奎憙 著	臺灣師大
教育行政學	林文達 著	政治大學
教育行政原理	黃昆輝主譯	陸委會
教育經濟學	蓋浙生 著	臺灣師大
教育經濟學	林文達 著	政治大學
教育財政學	林文達 著	政治大學
工業教育學	袁立錕 著	彰化師大
技術職業教育行政與視導	張天津 著	臺北工專校長
技職教育測量與評鑑	李大偉 著	臺灣師大
高科技與技職教育	楊啟棟 著	臺灣師大
工業職業技術教育	陳昭雄 著	臺灣師大
技術職業教育教學法	陳昭雄 著	臺灣師大
技術職業教育辭典	楊朝祥編著	臺灣師大
技術職業教育理論與實務	楊朝祥 著	臺灣師大
工業安全衛生	羅文基 著	高雄師範學院
人力發展理論與實施	彭台臨 著	臺灣師大
職業教育師資培育	周談輝 著	臺灣師大
家庭教育	張振宇 著	淡江大學
教育與人生	李建興 著	臺灣師大
教育即奉獻	劉眞 著	臺灣師大
人文教育十二講	陳立夫等著	國策顧問
當代教育思潮	徐南號 著	臺灣大學

蜀漢風雲人物	惜　秋　撰	
隋唐風雲人物	惜　秋　撰	
宋初風雲人物	惜　秋　撰	
民初風雲人物（上）（下）	惜　秋　撰	
世界通史	王曾才　著	臺灣大學
西洋上古史	吳圳義　著	政治大學
世界近代史	李方晨　著	
世界現代史（上）（下）	王曾才　著	臺灣大學
西洋現代史	李邁先　著	前臺灣大學
東歐諸國史	李邁先　著	前臺灣大學
英國史綱	許介鱗　著	臺灣大學
德意志帝國史話	郭恒鈺　著	柏林自由大學
印度史	吳俊才　著	政治大學
日本史	林明德　著	臺灣師大
日本信史的開始——問題初探	陶天翼　著	
日本現代史	許介鱗　著	臺灣大學
臺灣史綱	黃大受　著	
近代中日關係史	林明德　著	臺灣師大
美洲地理	林鈞祥　著	臺灣師大
非洲地理	劉鴻喜　著	臺灣師大
自然地理學	劉鴻喜　著	臺灣師大
地形學綱要	劉鴻喜　著	臺灣師大
聚落地理學	胡振洲　著	臺灣藝專
海事地理學	胡振洲　著	臺灣藝專
經濟地理	陳伯中　著	前臺灣大學
經濟地理	胡振洲　著	臺灣藝專
都市地理學	陳伯中　著	前臺灣大學
中國地理（上）（下）（合）	任德庚　著	

三民大專用書書目——社會

社會學（增訂版）　蔡文輝　著　印第安那州立大學
社會學　龍冠海　著　前臺灣大學
社會學　張華葆　主編　東海大學
社會學理論　蔡文輝　著　印第安那州立大學
社會學理論　陳秉璋　著　政治大學
社會學概要　張曉春等著　臺灣大學
社會心理學　劉安彥　著　傑克遜州立大學
社會心理學　張華葆　著　東海大學
社會心理學　趙淑賢　著　安柏拉校區
社會心理學理論　張華葆　著　東海大學
政治社會學　陳秉璋　著　政治大學
醫療社會學　藍采風、廖榮利著　臺灣大學
組織社會學　張笠雲　著　臺灣大學
人口遷移　廖正宏　著　臺灣大學
社區原理　蔡宏進　著　臺灣大學
鄉村社會學　蔡宏進　著　臺灣大學
人口教育　孫得雄編著　研考會
社會階層化與社會流動　許嘉猷　著　臺灣大學
社會階層　張華葆　著　東海大學
西洋社會思想史　龍冠海、張承漢著　臺灣大學
中國社會思想史（上）（下）　張承漢　著　臺灣大學
社會變遷　蔡文輝　著　印第安那州立大學
社會政策與社會行政　陳國鈞　著　前中興大學
社會福利行政（修訂版）　白秀雄　著　內政部
社會工作　白秀雄　著　內政部
社會工作管理——人羣服務經營藝術　廖榮利　著　臺灣大學
團體工作：理論與技術　林萬億　著　臺灣大學
都市社會學理論與應用　龍冠海　著　前臺灣大學
社會科學概論　薩孟武　著　前臺灣大學
文化人類學　陳國鈞　著　前中興大學
一九九一文化評論　龔鵬程　編　中正大學

實用國際禮儀	黃貴美編著	文化大學
勞工問題	陳國鈞 著	前中興大學
勞工政策與勞工行政	陳國鈞 著	前中興大學
少年犯罪心理學	張華葆 著	東海大學
少年犯罪預防及矯治	張華葆 著	東海大學
公民（上）（下）	薩孟武 著	前臺灣大學
中國文化概論（上）（下）（合）	邱燮友	師範大學
	李 鍌編著	師範大學
	周 何	師範大學
	應裕康	師範大學
公民（上）（下）	呂亞力 著	臺灣大學
歷史社會學	張華葆 著	東海大學

三民大專用書書目——新聞

書名	著者	任職
基礎新聞學	彭家發 著	政治大學
新聞論	彭家發 著	政治大學
傳播研究方法總論	楊孝濚 著	東吳大學
傳播研究調查法	蘇蘅 著	輔仁大學
傳播原理	方蘭生 著	文化大學
行銷傳播學	羅文坤 著	政治大學
國際傳播	李瞻 著	政治大學
國際傳播與科技	彭芸 著	政治大學
廣播與電視	何貽謀 著	輔仁大學
廣播原理與製作	于洪海 著	中廣
電影原理與製作	梅長齡 著	前文化大學
新聞學與大眾傳播學	鄭貞銘 著	文化大學
新聞採訪與編輯	鄭貞銘 著	文化大學
新聞編輯學	徐旭 著	新生報
採訪寫作	歐陽醇 著	臺灣師大
評論寫作	程之行 著	紐約日報
新聞英文寫作	朱耀龍 著	前文化大學
小型報刊實務	彭家發 著	政治大學
媒介實務	趙俊邁 著	東吳大學
中國新聞傳播史	賴光臨 著	政治大學
中國新聞史	曾虛白主編	前國策顧問
世界新聞史	李瞻 著	政治大學
新聞學	李瞻 著	政治大學
新聞採訪學	李瞻 著	政治大學
新聞道德	李瞻 著	政治大學
電視制度	李瞻 著	政治大學
電視新聞	張勤 著	中視文化公司
電視與觀眾	曠湘霞 著	政治大學
大眾傳播理論	李金銓 著	明尼蘇達大學
大眾傳播新論	李茂政 著	政治大學
大眾傳播理論與實證	翁秀琪 著	政治大學

大眾傳播與社會變遷	陳世敏 著	政治大學
組織傳播	鄭瑞城 著	政治大學
政治傳播學	祝基瀅 著	國民黨文工會
文化與傳播	汪 琪 著	政治大學
電視導播與製作	徐鉅昌 著	師範大學等

國立中央圖書館出版品預行編目資料

文學與藝術八論：互文・對位・文化
詮釋／劉紀蕙著. --初版. --臺北市
：三民，民83
面；　　公分. --（大雅叢刊）
參考書目：面
ISBN 957-14-2138-3（精裝）
ISBN 957-14-2139-1（平裝）

1.文學與藝術

810.76　　　　　83008542

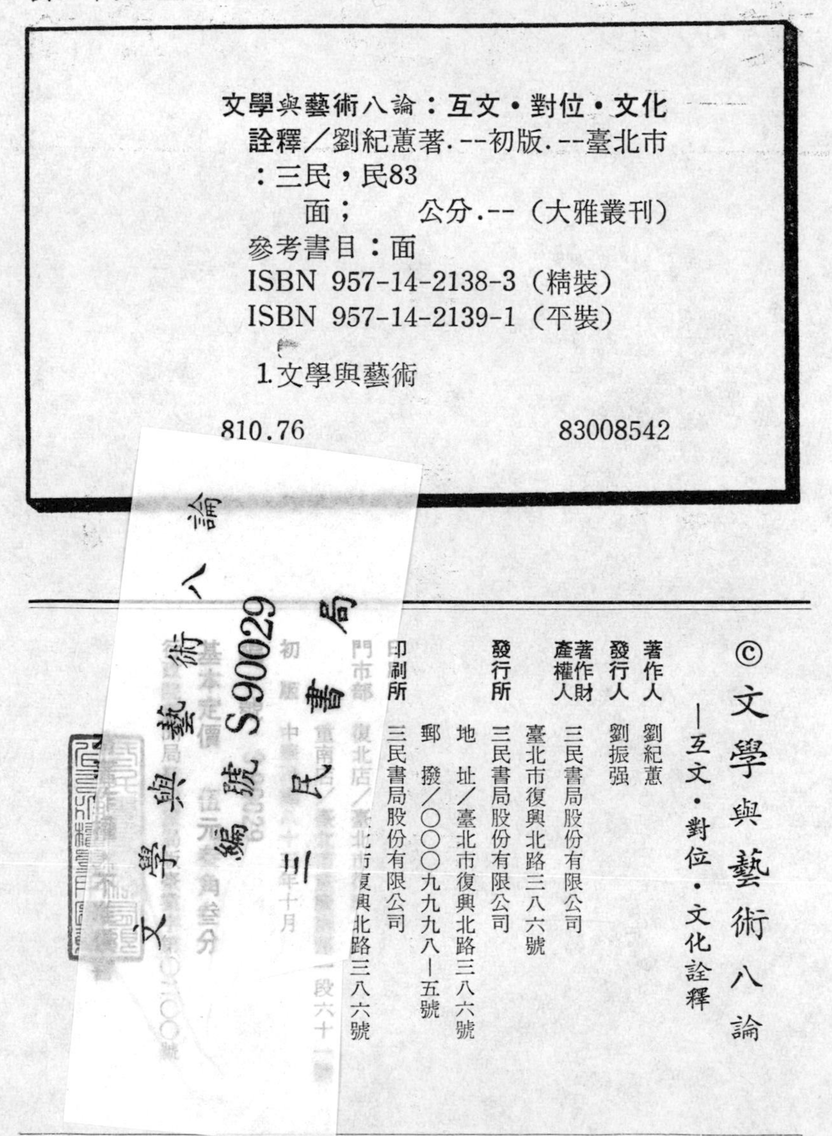

© 文學與藝術八論
—互文・對位・文化詮釋

著作人　劉紀蕙
發行人　劉振强
著作財產權人　三民書局股份有限公司
　　　　臺北市復興北路三八六號
發行所　三民書局股份有限公司
　　　　地址／臺北市復興北路三八六號
　　　　郵撥／〇〇〇九九九八—五號
印刷所　三民書局股份有限公司
門市部　復北店／臺北市復興北路三八六號
　　　　重南店／臺北市[illegible]一段六十一號
初版　中華[illegible]年十月
編號　S 90029
基本定價　伍元叁角叁分
[illegible]局[illegible]〇二〇〇號

ISBN 957-14-2139-1（平裝）

三民大專用書書目——心理學

書名	作者		單位
心理學（修訂版）	劉安彥	著	傑克遜州立大學
心理學	張春興、楊國樞	著	臺灣師大等
怎樣研究心理學	王書林	著	
人事心理學	黃天中	著	淡江大學
人事心理學	傅肅良	著	前中興大學
心理測驗	葉重新	著	臺中師範
青年心理學	劉安彥 陳英豪	著	傑克遜州立大學 省政府

三民大專用書書目——美術・廣告

廣告學	顏伯勤	著	輔仁大學
展示設計	黃世輝、吳瑞楓	著	成功大學
基本造型學	林書堯	著	臺灣藝專
色彩認識論	林書堯	著	臺灣藝專
造形（一）	林銘泉	著	成功大學
造形（二）	林振陽	著	成功大學
畢業製作	賴新喜	著	成功大學
設計圖法	林振陽	編	成功大學
廣告設計	管倖生	著	成功大學